Düstere Begegnungen

Düstere

Begegnungen

Bibliografische Information der Deutschen Nationalbibliothek: Die Deutsche Nationalbibliothek verzeichnet diese Publikation in der Deutschen Nationalbibliografie; detaillierte bibliografische Daten sind im Internet über http://dnb.dnb.de abrufbar.

Impressum

Copyright © 2021 Rosemarie Benke-Bursian
1. Auflage

Cover: **Renee Rott, Dream Design – Cover and Art**

Herstellung und Verlag:
BoD – Books on Demand, Norderstedt

ISBN: 978-3-7526-9229-7

Inhalt

Eine nette Überraschung

Es kam mit der Morgenpost. Ein ganz normal aussehendes Paket in braunem Packpapier und verschnürt mit derber Doppelschnur. Es unterschied sich in nichts von den tausend anderen Paketen, wie sie die Postboten tagtäglich austragen. Mit diesem hier hatte es aber eine besondere Bewandtnis - eine ganz besondere ...

Alex Steiner lachte sich ins Fäustchen. Er nahm das Päckchen entgegen und stellte es auf den Küchentisch. Dann suchte er einen Notiz-Zettel und schrieb: „Vorsicht, nicht öffnen!" und darunter „Lebensgefahr!"

Mit roter Farbe hatte er die Buchstaben auf das weiße Papier gemalt. Schön auffällig, sodass Christine es auch bestimmt sah. Dann hängte er den Zettel an das Päckchen. Sollte ja niemand sagen, er hätte sie nicht gewarnt.

Zufrieden betrachtete er sein Werk. Das würde sie natürlich keinesfalls abhalten, dieses Paket zu öffnen, im Gegenteil, sie würde es ganz sicher für einen schäbigen Trick halten.

Und im Grunde würde sie sogar recht haben. Dies war bestimmt ein schäbiger Trick. Und wie schäbig er war ...

Alex grinste boshaft als er das Paket auf die Kommode im Schlafzimmer legte. Da würde sie es finden, wenn sie heute Abend nach Hause kam und zu Bett ging.

Beschwingt ging er ins Wohnzimmer zurück und goss sich einen Cognac ein. Jetzt trennten ihn nur noch wenige Stunden von der Erbschaft, einer sehr reichen Erbschaft.

Er kicherte, als er daran dachte, dass Christine ihm dabei sogar noch helfen würde. Denn in ihrer Neugierde, ihrer fürchterlich lästigen Neugierde, die sie veranlasste, ihr hübsches Näschen in alles, aber auch wirklich alles, zu stecken, würde sie natürlich nichts Besseres zu tun wissen, als dieses geheimnisvolle Paket zu öffnen. Und das würde ihr heute zum Verhängnis werden. Jawohl. Zum einem ganz bitteren Verhängnis.

Schon lange war Alex nicht mehr in so freudiger Stimmung gewesen. Gut, dass Christine heute den ganzen Tag mit ihren Freundinnen – oder wem auch immer – unterwegs war und ihn nicht sehen konnte.

Als der Abend anbrach, zog er sich für seinen Club um. Es ging doch nichts über ein einwandfreies Alibi.

Jetzt war es 19 Uhr. Christine würde in etwa einer Stunde nach Hause kommen und – das wusste er genau – spätestens um 22 Uhr zu Bett gehen.

Spätestens 22 Uhr also. Albert schnalzte mit der Zunge.

Als er kurz nach Mitternacht heimkehrte, schlich er in freudiger Erregung sogleich ins Schlafzimmer. Richtig, da lag seine Frau in unnatürlich verrenkter Stellung auf dem Bett. Neben ihr das geöffnete Paket – leer.

Hastig blickte er sich um, konnte aber nichts entdecken. Nun gut, um den schwarzen Skorpion würde er sich später kümmern müssen. Zunächst hatte er aber noch etwas anderes Wichtiges zu erledigen.

Vor einigen Tagen hatte Christine in ihrer Kassette einen Brief versteckt. Einen Brief, in dem sie ihn, ihren Mann verdächtigte, ihren Tod zu planen. Wusste der Himmel, wie sie nun darauf gekommen war. Zum Glück hatte Alex von diesem Brief rechtzeitig erfahren, ohne dass sie wusste, dass er wusste ...

Gerührt betrachtete er seine Frau, oder besser gesagt seine Ex-Frau, eine Weile. So tot gefiel sie ihm gar nicht so schlecht. Dann durchsuchte er ihre Frisierkommode nach dem Schlüssel.

Unwillkürlich musste er den Kopf schütteln. Dumme kleine Christine. So eine lächerlich billiges Versteck. Er hatte es natürlich gleich entdeckt.

Mit dem Schlüssel in der Hand ging in den angrenzenden Ankleideraum. Hier zwischen ihrer Wäsche befand sich die kleine Kassette. Also wirklich. Genauso gut hätte sie Schlüssel und Kassette einfach auf ihrem Schreibtisch deponieren können.

Mit sicherem Griff öffnete er den Deckel, fasste hinein, stieß einen Schrei aus und zog eilig die Hand zurück.

Es war zu spät. Der Skorpion hatte bereits zugestochen.

Ungläubig starrte Alex auf das exotische Tier, dann fühlte er auch schon wie ihn die Kräfte verließen.

Nebenan waren jetzt Geräusche zu hören. Während er zu Boden glitt, hörte er, wie jemand ohne Eile durch das Zimmer ging, zum Telefonhörer griff und in aller Ruhe eine Nummer tippte.

Dann vernahm er –selber immer schwächer werdend – Christines Stimme: „Hören Sie, können Sie bitte schnell kommen ... zu Steiner ... ja Steiner, S-T-E-I-N-E-R ... Sonnenallee zwölf. Ja ... ein Unfall ... mein Mann ...

Alex Gedanken wirbelten in seinem Kopf herum. Was zum Teufel, war passiert? Wieso konnte er seine tote Frau sprechen hören? Und was war mit ihm ...

„Irgend so ein komischen Tier hat ihn gebissen. Oder gestochen. ... Nein, kein Hund! ... Ich weiß nicht, was das für ein Tier ist! Etwas exotisches, glaube ich. ... Nein, auch keine Schlange. ... Hören Sie, ich trau mich nicht näher ran zu zu gehen, um genauer nachzusehen. Ich will doch nicht auch noch gebissen werden! Jetzt machen sie doch bitte schnell! Ich glaube er stirbt. ...

Ja ... er stirbt ...“

Wiedersehen mit Folgen

Corinna beugte sich über die Frau, die mit merkwürdig verrenkten Armen und Beinen vor ihr auf dem Boden lag und sie aus trüben Augen anblickte.

Der Bus, der sie beim Anfahren an die Haltestelle frontal erwischt und zu Boden geschleudert hatte, stand jetzt etwas abseits, schräg auf der Bordkante.

Ringsum erschallte lautes Stimmengewirr. Mit abgehackten Sätzen wurde ein Krankenwagen geordert. Eine schrille Stimme beklagte unermüdlich den schrecklichen Unfall. Eine andere Stimme bemerkte: „Das sah ja fast so aus, als wenn sie geschubst worden wäre." Irgendjemand antwortete: „Kein Wunder, bei dem Gedränge, das hier immer herrscht. Das musste ja mal passieren."

Corinna kümmerte sich nicht um die Stimmen ringsherum. Sie kniete vor der verletzen Frau, die ihre Lippen geöffnet hatte, als wolle sie etwas sagen.

Kniete vor der Frau, die sie so viele Jahre nicht gesehen hatte und die vor kaum zehn Minuten so unvermittelt aus der Menge aufgetaucht war: Jasmin.

Ihre ehemals beste Freundin und Vertraute.

Es war vor mehr als zehn Jahren gewesen, als sie Jasmin ihren neuen Freund Phillip vorgestellt hatte. Phillip und Corinna hatten den gleichen Geschmack, die gleichen Vorlieben und Träume, er war der Traummann schlechthin. Und Phillip stand ihr auch mit Fachwissen und tatkräftigem Engagement bei der Suche nach einem kleinen Jugendstiltisch zur Seite, der zu ein paar geerbten Stühlen passen sollte. Eine Herzensangelegenheit von Corinna, über die andere Bekannte sich leicht mal etwas lustig machten. Dass sie kein Tischchen fanden, war auch nicht schlimm, denn allein die gemeinsame Suche ließ ihre Beziehung besonders intensiv werden.

Es war einfach alles perfekt.

Zu perfekt. Eine solche Traumbeziehung musste einen Haken haben. Da war sie sich schon bald absolut sicher.

Das Treffen zwischen ihren Freunden wurde ein voller Erfolg. Jasmin und Phillip schienen sich auf Anhieb zu mögen.

Corinna war erleichtert. Sie hatte befürchtet, dass Jasmin der Knackpunkt in der Beziehung werden könnte, dass Phillip Jasmin womöglich nicht würde ausstehen können. Denn Jasmin war schrill, laut und unkonventionell, liebte all das, was in Corinnas Leben eher keinen

Platz hatte. Dass sie befreundet waren, war den meisten ein Rätsel. So stand Jasmin für alles, was Phillip geradezu hasste.

Doch Phillip fand Jasmin nett, als Gesprächspartnerin interessant und Jasmin fand Phillip charmant und witzig. Schon wieder perfekt.

Zu perfekt.

Der Tag kam schneller als erwartet. Der Tag, den Corinna vorausgeahnt und befürchtet hatte und der alles zerstörte. Der Tag war ihr 30. Geburtstag.

Phillip hatte eine Überraschungsfeier angekündigt und sie nach der Arbeit direkt zu sich nach Hause bestellt. Dann hatte ihr Chef ihr sogar noch eine Stunde geschenkt und voller Vorfreude sprang sie früher als gedacht vor Phillips Wohnung aus dem Auto.

Vielleicht konnte sie ihm noch ein bisschen bei den Vorbereitungen helfen, dachte sie. Außerdem hoffte sie auf ein wenig zusätzliche Zeit mit ihm allein. Etwas ungestörte Zeit an diesem besonderen Tag.

Gerade wollte sie den Wagen abschließen, als sie Jasmin aus der Haustür kommen sah. Sie wirkte aufgeregt, etwas Geheimnisvolles umwehte ihre eiligen Schritte.

Hinter ihr trat Phillip aus der Tür, seltsam zerzaust und beschwingt. So hatte sie ihn noch nie gesehen. Nun rief er Jasmin etwas zu, das sie nicht verstand.

Ihre Freundin lief zurück und Phillip nahm sie tatsächlich in die Arme. Mehr noch, er drückte sie fest an sich und – Corinna fühlte ein Schwert tief in ihren Körper sausen – küsste sie.

Phillip und Jasmin!

Diese ganze Geburtstags-Geheimniskrämerei, alles Betrug! Das ganze Geflüster und Getuschel, diese verschwörerischen Blicke, die häufigen Termine, die Jasmin und Phillip wie zufällig gleichzeitig gehabt hatten ...

Oh wie dumm war sie gewesen!

Auf so eine Geburtstagsüberraschung konnte Corinna verzichten. Sie wollte Phillip und Jasmin nicht mehr sehen.

Nie mehr!

Und tatsächlich war ihr das gelungen.

Hals über Kopf hatte sie alle Zelte hinter sich abgebrochen und war in eine ferne Stadt gezogen.

Zuvor hatte sie sich vorübergehend in einem Hotel einquartiert, ihr Handy ausgeschaltet und den gerade genommenen Urlaub genutzt, sich abzusetzen.

Danach war es ihr allerdings nie wieder richtig gut gegangen. Finanzielle Einbußen waren dabei das Eine, – ihre überstürzte Flucht machte so gar keinen guten Eindruck bei Vorstellungsgesprächen.

Und sie blieb allein. Wohnte einsam, verbittert und wenig komfortabel in einer Betonwüste aus in die Jahre gekommenen Hochhäusern.

Die geerbten Stühle ohne passendes Tischchen erschienen ihr dabei wie das Sinnbild ihres eigenen Lebens. Auf ihnen sitzend eränkte sie so manchen einsamen Abend in Wein, Kognak oder Schnaps.

Doch heute waren sie sich begegnet. Ganz unverhofft und unvorbereitet. Kaum fünf Minuten bevor der Bus kam, hatte Jasmin sich durch die wartende Menge geschoben.

„Corinna! Ich fasse es nicht. Endlich! Was habe ich dich gesucht. Und jetzt stehst du einfach hier an der Bushaltestelle." Jasmin starrte sie an, als wäre diese ein Wesen von einem anderen Stern.

Mit ihren Second-Hand-Kleidern und der Frisur, die lange keinen Frisör mehr gesehen hatte, sah sie für Jasmin vermutlich wirklich wie eine Außerirdische aus.

„Corinna, was ist denn bloß passiert, damals?" Ihre ehemalige Freundin sah gut aus. Sehr gut sogar. Das strahlende Leben. Ob sie verheiratet war? Kinder hatte? Mit PHILLIP? Jasmin stand nun direkt neben ihr und der vertraute Duft ihres Parfüms stieg Corinna schmerzlich in die Nase.

„Was ist passiert?" So leise wie die Frage jetzt gesprochen worden war, so laut dröhnte sie in Corinnas Ohren.

Wie konnte sie es wagen? Wie konnte Jasmin nur so eine Frage stellen?

Das Motorengeräusch des herannahenden Busses übertönte Jasmins nächste Worte. Dann ein Schrei und die Freundin stürzte direkt vor den Bus.

Bremsen quietschten, Menschen sprangen kreischend zur Seite, der Bus kam schleudernd zum Stehen und Jasmin lag in einer Blutlache auf der Straße.

„Corinna." Jasmin hatte all ihre Kraft zusammengenommen, um zu sprechen. „Ach Corinna, jetzt habe ich dich endlich wieder gefunden, und dann passiert so ein blöder Unfall." Die Freundin keuchte schwer. „Warum bist du nur so plötzlich verschwunden? Wir haben uns solche Sorgen gemacht."

„Und, bist du nun glücklich geworden, mit Phillip?" Corinna biss sich auf die Lippen. Sie hatte gar nicht sprechen wollen.

„Mit Phillip? Ich und Phillip? Was redest du da?" Mit leisem Stöhnen schloss Jasmin die Augen. „Ich weiß nicht mal, wo er jetzt wohnt."

„Ich hab euch doch gesehen. Ihr habt euch umarmt und geküsst. Ausgerechnet an meinem Geburtstag."

„Ach, Corinna", Jasmins Stimme wurde immer schwächer. „Da hat er sich doch nur dafür bedankt, dass ich ihm das Tischchen besorgt habe. Weißt du noch? Jugendstil, oder so. Passte genau zu deinen Stühlen, aber die alte Dame wollte erst nicht verkaufen." Jasmin schien ihre Kraft zu verlieren. „Brauchte ein bisschen Überredungskunst ... gerade noch ... rechtzeitig ... deinem ... Geburts..."

Corinna lauschte Jasmins Worten nach und versuchte deren Sinn zu erfassen.

„Sie stirbt!", schrie jemand wie aus weiter Ferne.

Corinna strauchelte. Ihre Augen fühlten sich nass an und die Umgebung schien in einem Dunstschleier zu versinken.

„Das war überhaupt kein Unfall!", rief jemand anderes

Eine dritte Stimme bestätigte: „Stimmt! Sie wurde gestoßen!"

Corinna drehte den Kopf in die Richtung, aus der die Stimme kam.

Ein Zeigefinger verfehlte nur knapp ihr linkes Auge. „Die hier war's!"

Ihre Füße begannen wie von selbst zu laufen, ohne dass ihre Augen sahen, wohin sie sie trugen.

Hinter sich hörte sie Rufe von „tot", und „haltet sie", die wie Nadelstiche ihren Körper trafen.

Dann holte das Wort „Mörderin" sie ein, begleitet von einem scharfen Quietschen, ähnlich dem des Busses vorhin, als der zu bremsen versuchte. Es folgten dumpfe Schmerzen, die den gesamten Körper durchfluteten, sich mit denen der Seele mischten, während ihre Füße vom Boden abhoben.

Schwerelosigkeit und Dunkelheit schienen sie gnädig zu umfangen, während ein gehässig gesprochenes „Recht geschieht ihr" zwar noch ihr Ohr, aber nicht mehr ihren Verstand erreichte.

Begegnung der anderen Art?

Rhicko lag auf seinem Bett und starrte an die Decke.

Morgen.

Morgen war es endlich soweit. Der Tag, auf den nicht nur er, sondern die ganze Gruppe des Orbitschiffes OS-00-11 gewartet hatte, war da.

Im Jahre 00 hatten sie ihren blauen Heimatplaneten verlassen. Da war Rhicko noch nicht einmal geboren. Seine Eltern und Großeltern auch nicht. Seit Generationen warteten sie auf diesen Tag.

Morgen.

Insgesamt 50 Orbitschiffe hatten im Jahr 00 das heimatliche Sonnensystem verlassen. Jeden Tag genau eines, OS-00-11 am 11. Tag. Jedes mit drei eigenen vorprogrammierten Zielen. Und jede Gruppe hatte die Hoffnung und Sehnsucht mitgenommen, eines ihrer Ziele möge ein bewohnbarer Planet sein.

Dass der alte es nicht mehr sein konnte, hatte sich schon lange angebahnt und die Ursachen waren hausgemacht. Schon Rhickos Urahnen hatten den Planeten bis zur Erschöpfung ausgebeutet, ausgelaugt und geplündert. Durch Kriege um die letzen Ressourcen hatten sie ihm schließlich den Todesstoß versetzt. Nun war er verwüstet, vergiftet und auf Jahrhunderte, womöglich Jahrtausende, verseucht.

Einige wenige sahen das Unglück kommen und machten sich an die Planung und den Bau der gigantischen Orbitschiffe. Buchstäblich in letzter Minute konnten so ausgesuchte Personen auf die Reise gehen. Ausgesucht, weil jeder Beruf vertreten sein sollte: Computerspezialisten und Ingenieure, Ärzte und Altenpfleger, Natur- und Geisteswissenschaftler, Köche und Lebensmittelproduzenten, Lehrer und Erzieher, Philosophen, Geschichtenschreiber, Künstler, Reinigungskräfte und viele mehr. Und sie alle wussten, dass frühestens die Kindeskinder der Kindeskinder das erste Ziel erreichen konnten.

Der Abschied von den Zurückgebliebenen war wohl herzzerreißend gewesen, man wusste, dass man sich nie wieder begegnen würde. Jeder dachte von den jeweils anderen, dass sie einem sicheren Tod entgegen sahen.

Das erste Ziel der OS-00-11, ein Planet, den sie Aqua 1 genannt hatten, da auf ihm Wasser vermutet wurde, hatte sich denn auch als totaler Flop erwiesen. Aqua 1 war ein Gasplanet, der nur in seiner Atmosphäre Leben möglich machte. Da hätte man schon eine Mikrobe sein müssen, um das Angebot wahrnehmen zu können.

Rhickos Eltern hatten diese Enttäuschung miterlebt. Und eine zweite auch, denn das nächste Ziel, Aqua 2, ein weiterer Planet mit potenziellen Wasservorräten, konnte gar nicht erst angesteuert werden. Dieses Ziel war nach Aktivierung der neuen Route einfach nicht mehr da. Ob der Planet durch einen Zusammenprall mit einem anderen Himmelkörper zerstört worden oder in seine Heimatsonne gestürzt war, ob er womöglich nur eine Täuschung gewesen war oder die Programmierung versagt hatte, war im Nachhinein nicht mehr zu klären.

Die schlimmste Enttäuschung, der Irrtum zu Aqua 3 Wasser enthalten könnte, hatte Rhicko dann als Kleinkind schon selbst miterlebt. Aqua 3 war eine Fehlberechnung gewesen, ein paar Daten nur, die falsch programmiert, einen Wasserplaneten vorgetäuscht hatten. Die Wissenschaftler deckten diesen Irrtum bereits Jahre vor Ankunft am Ziel auf. Dennoch wollte man das Ziel nicht vorschnell aufgeben. Die Hoffnung stirbt bekanntlich zuletzt.

Aqua 3 entpuppte sich als Gesteinsbrocken, der in einem Ring zusammen mit anderen um ein schwarzes Loch kreiste, um in nicht allzu ferner Zukunft mit diesem zu verschmelzen.

Nach diesem Schock blieb nur noch, sich selbst ein neues Ziel zu suchen. Zum Glück wurde Aqua 4 recht schnell

gefunden und als neues Ziel anvisiert – vor rund 30 Jahren.

Morgen.

Morgen würde Rhicko mit zwei Kollegen, die wie er
speziell ausgebildete Planet-Pioniere waren, in die Landekapsel umsteigen und Aqua 4 betreten. Ein faszinierend
blauer Planet, welcher der einstigen Heimat besonders
ähnlich sein sollte, wie sich im Laufe der Jahre mehr und
mehr herauskristallisierte. Eine Heimat, die Rhicko und
alle anderen an Bord nur von Erzählungen, Bildern und
Filmen kannte. Und der gefühlte Lichtjahre entfernt sein
musste. Genau wusste es niemand mehr, diese Daten waren in alten Programmen gespeichert, die mit den neuen
nicht mehr auslesbar waren und angeblich im Laufe der
Jahrhunderte irgendwann und irgendwie verloren gegangen waren.

Was würde Aqua 4 ihnen bringen?

Zum ersten Mal fragte er sich, ob die Sehnsucht nach
einem neuen Planeten tatsächlich seine eigene Sehnsucht
war.

Seine Heimat war seit eh und je die OS-00-11. Hier war
er geboren und groß geworden.

Und hier hatte er vor kurzem in Farinah eine Partnerin
gefunden, mit der er sich ein gemeinsames Leben vorstellen konnte. Was spielte es da für eine Rolle, wo sie leb-
ten? Wichtig war doch allein, dass sie überhaupt zusammen sein konnten. Und so schlecht war das Dasein auf

der OS-00-11 schließlich nicht: Schöne Wohnungen für die einzelnen Familien, Schule, Schwimmbad, Sportzentrum, Naturpark mit vielen verschiedenen Pflanzen und kleinem See, Zoo, Museum, sogar zwei Kinos, eine riesige Bibliothek, verschiedene Restaurants, Cafés, Bars, Krankenhaus – ihm fehlte es im Grunde an gar nichts.

Morgen.

Wollte er das wirklich alles aufgeben, um auf diesem unbekannten Planeten neu anzufangen? Würden sie sich nicht furchtbar einschränken müssen, bis alles so aufgebaut worden war, wie sie es hier auf dem mittlerweile zur Heimat gewordenen Orbitschiff schon hatten?

Natürlich bliebe man erst einmal auf dem Orbitschiff wohnen. Nur die Pioniere verlegten ihren Arbeitsplatz ab sofort nach Aqua 4, um das Terrain zu sondieren, Rohstoffe ausfindig zu machen und Bauplätze einzurichten.

Voller Begeisterung und Neugier hatte er sich vor Jahren zum Pionier ausbilden lassen. Sie waren diejenigen, die den Planten „erobern“ und bewohnbar machen sollten. Doch Farinah war Ärztin und ihr Arbeitsplatz blieb auf der OS-00-11, bis die Pioniere ihre Arbeit erledigt hatten. Er würde sie deshalb nun lange Zeit nur selten sehen können, denn die Pioniere würden sich so bald wie möglich provisorische Wohnungen auf dem neuen Planeten einrichten.

Aqua 4 war hervorragend geeignet, wie die jüngsten Messungen zeigten. Es gab auf ihm nicht nur die passende Atmosphäre, Gravitation, Temperatur und flüssiges

Wasser. Der Abstand zum Zentralgestirn war genauso vielversprechend wie seine Umlaufbahn. Aqua 4 bestand aus festem Gestein, war von grünen Pflanzen überzogen, zwischen denen sogar Tiere wohnten. Ja der Planet schien sogar Wesen zu beherbergen, die den Orbitanern ähnlich waren.

Sollten sie über die nötige Intelligenz verfügen, konnten sie von ihnen womöglich sogar Hilfe beim Auffinden und Aufbau eines geeigneten Siedlungsortes bekommen. Und bestimmt waren die dann neugierig, was die Neuankömmlinge alles zu erzählen hatten. Deshalb wollten sie auf jeden Fall ihren Kommunikations- und Sprach-Transformator mitnehmen, sowie ein paar kulinarische Spezialitäten und Kunstgegenstände. Essen und Kunst waren immer gute Geschenke, um Friedfertigkeit auszudrücken, wenn es mit der Kommunikation zu Beginn doch nicht gleich so gut klappen sollte. Falls es wirklich intelligente Wesen waren.

Eigentlich eine aufregende und spannende Angelegenheit, auf die sich seine Kollegen schon sehr freuten. Denn eines war das Leben auf der OS-00-11 nicht gerade: spannend und abwechslungsreich. Es sei denn man war frisch verliebt.

Morgen.

Morgen würde Rhickos altes Leben vorbei sein und ein komplett neues beginnen. Der Tag aller Tage war endlich gekommen und er freute sich tatsächlich kein winziges bisschen.

Mit dem Gefühl, dass sein ganzes Leben sich in ein einziges Fragezeichen verwandelte, schlief er endlich ein.

Am nächsten Tag blieb nicht viel Zeit für lange Überlegungen. Vollkommen übernächtigt versuchte er sich auf seine Aufgabe zu konzentrieren. Er bekam nicht einmal Zeit, sich von Farinah zu verabschieden. Das ließ ihn zusätzlich frösteln und verstärkte sein ungutes Gefühl, dass dieses Unternehmen der Beginn eines großen Unglücks war.

Die längste Zeit dieses ersten Ausfluges war für den Flug veranschlagt. Den fremden Planeten sollten sie erst einmal nur so lange betreten, wie es nötig war, Bodenproben zu nehmen, ein paar Pflanzen zu pflücken und das Luftgemisch direkt über dem Boden zu testen. Da sie bisher nur wenige Punktmessungen von der Atmosphäre hatten, mussten sie sicher gehen, dass nicht ausgerechnet in den letzten Metern über den Boden ein für sie giftiger Stoff alle Pläne noch schnell über den Haufen warf.

Der Flug verlief problemlos, die Landung gelang punktgenau. Rhicko schaute, ebenso wie seine beiden Kollegen, gespannt nach draußen. Keiner redete ein Wort. Es war ein bewegender Augenblick, denn noch nie hatte einer von ihnen den Fuß auf einen Himmelskörper gesetzt.

In einiger Entfernung standen Büsche, anders und doch ähnlich wie sie sie kannten. Auch der Landeplatz erinnerte Rhicko an bekanntes Terrain, an den großen Sportplatz auf der OS-00-11. Total künstlich und deshalb für diverse Wettkämpfe besonders gut geeignet.

Er schaute zu seinen Begleitern. Als die ihm zunickten, öffnete er die Kapsel und schwang sich nach draußen.

Sofort fühlte er sich ziemlich unbeholfen, obwohl er auf diesen Moment vorbereitet worden war: Auf dem neuen Planeten war er um einige Kilo schwerer als auf dem Orbitschiff. Als hätte ihm jemand einen Bleimantel übergezogen, der ihn zu Boden drücken wollte.

Vorsichtig hob er den rechten Fuß, um einen Schritt zu gehen. Hinter ihm waren seine Kameraden ausgestiegen. Zur Sicherheit hatten sie Raumanzüge an, was sie zusätzlich beengte. Doch wenn die Messung des Luftgemisches positiv war, durfte der erste seinen Helm öffnen. Rhicko sehnte sich nach etwas Erleichterung, hielt das Instrument in die Höhe, sodass Luft durchströmen konnte, und beobachtete konzentriert die Anzeige.

Dann ging alles sehr schnell.

Ein Dutzend Gestalten tauchten wie aus dem Nichts auf, umringten die drei Pioniere und bevor Rhicko auch nur einen erstaunten Laut hervorgebracht hatte, war er auch schon gefesselt. Der Helm wurde ihm vom Kopf gerissen, ein Tuch erstickte jeden weiteren Ton.

Mit Entsetzen sah er, wie ein riesiges Transportfahrzeug hinter einer Anhöhe hervorkam, die Landekapsel, die sie gerade erst verlassen hatten, auf die Ladefläche hievte und davonfuhr.

Neben ihm standen seine Kameraden, ebenfalls gefesselt und geknebelt und schauten ihn entsetzt an.

Kurz danach lag er in einem Fahrzeug auf einer Trage, seine Kameraden waren aus seinem Blickfeld verschwunden.

Drei Gestalten, im Aussehen den Orbitanern noch ähnlicher, als sie gedacht hätten, standen um ihn herum. Sein Raumanzug wurde wenig zimperlich aufgeschnitten, sein Körper mit allen möglichen Kabeln und Instrumenten bespickt und traktiert.

„Farinah", dachte er traurig, dann wurde es dunkel um ihn.

***

„Irgendeine Erklärung müssen wir den Leuten aber geben, zu viele haben etwas gesehen. Zu viele machen sich Sorgen und geben neuen Verschwörungstheorien von angeblichen Entführungen durch menschenfressende Aliens und anderen Gruselgeschichten nur neue Nahrung. "

„Klar Chef, ich habe schon eine Pressemitteilung vorbereitet.

„Ich mag gar nicht daran denken, was alles hätte passieren können, wenn wir diesen Raumtransporter nicht rechtzeitig gesichtet hätten. Einen Krieg mit so hoch entwickelten Außerirdischen, die von einem Planeten kommen müssen, der außerhalb jedes Sonnensystems liegt, den wir uns als erreichbar vorstellen können, einen solchen Krieg hätten wir nie gewinnen können. Und dass die uns erobern wollten, sehen Sie doch auch so, oder?

Klar, darüber haben wir ja lang und breit diskutiert. Vor allem auch darüber, was passiert, wenn sie uns erst einmal über ihre wahren Absichten hinweg täuschen, was ja durchaus zu erwarten war. Wenn sie erst mal da sind, haben wir keine Chance mehr.

Aber zum Glück ist der Spuk ja jetzt vorbei. Endgültig. Gefahr gebannt. Es ist keiner mehr übrig. Und das Schiff wird jetzt von unseren Technikern untersucht, die ihren Mund halten können.

Hier lesen Sie mal, ob die PR so in Ihrem Sinne ist:

Eine neue Ufo-Welle schwappt über das Land

Seit vorgestern stehen die Telefone bei Polizei, Feuerwehr und der zentralen Meldebehörde nicht mehr still. Zahlreiche Personen meldeten eine Ufo-Landung auf dem erst vor wenigen Tagen fertiggestellten Sportplatz. Dieses Ufo sei urplötzlich aus den Wolken aufgetaucht, geräuschlos aber zielstrebig auf die Erde geschwebt, um anschließend spurlos zu verschwinden. Dies ist bereits die dritte Welle derartiger Meldungen innerhalb von nur zwei Wochen. Von offizieller Seite wurde jedoch keine dieser drei angeblichen Ufo-Landungen bestätigt. Eine mögliche Erklärung bietet die Wetterlage. Die seit langem anhaltende große Hitze könnte zu Luftspiegelungen führen, die wie eine Fata Morgana sogar Ufos vortäuschen können.

Verschiedene Medien-Experten führen die neue Ufo-Sichtungswelle allerdings auf den aktuell gestarteten spektakulären Film „Begegnung der anderen Art" zurück.

Von wissenschaftlicher Seite aus wird die Möglichkeit einer Ufo-Landung ebenfalls in den Bereich von Fantasie und optischen Täuschungen verband. Immerhin sind die nächsten Planeten, auf denen Leben unter Vorbehalt denkbar wäre, viele Tausend Lichtjahre entfernt. Das betonte der Vorsitzende des neuen ufologischen Instituts, Professor Doktor Weisenbart auf einer Pressekonferenz und ergänzte augenzwinkernd: „Eher kann ich mir ein heimisches Raumschiff vorstellen, das nach Generationen von Karussellfahrt zu uns zurückkehrt. Aber DAS würden wir ja schließlich wissen!"

Ein Mord kommt selten alleine

„Oliver! Störst du schon wieder Herrn Maiberg bei seiner Arbeit?", rief Frau Berger in die Wohnung, nachdem Herr Maiberg ihr die Tür geöffnet hatte.

Oliver, der neben den Worten das Stirnrunzeln seiner Mutter gleich mithörte, sprang entrüstet auf.

„Er stört überhaupt nicht, Frau Berger, im Gegenteil, unsere Geschichten-Spiele sind reine Inspiration für mich", sagte da aber schon Herr Maiberg.

„Ja, sieh mal, Mama." Bevor sie etwas erwidern konnte, hielt Oliver seiner Mutter ein paar beschriftete Blätter unter die Nase. „Stand heute Morgen in der Zeitung: Bankräuber von Tresor erschlagen. Und wir haben daraus eine Mordgeschichte gemacht, mit einem Komplizen, der ..."

„Also das ist jetzt ein Witz, oder?" Frau Bergers Stirnfalten standen nun auf amüsierte Ungläubigkeit.

„Nein, ist wirklich passiert! Herr Maiberg sagt, in der

Zeitung findet man immer gute Ideen. Letzte Woche zum Beispiel, wurden zwei alte Damen mit einem Skelett im Koffer am Flughafen erwischt und ..."

„Ich fühle mich wirklich veräppelt."

„Solche Dinge passieren nur im wirklichen Leben, Frau Berger, ich kann Ihnen die Artikel aber gerne zeigen. Kommen Sie doch kurz rein. Ich wollte Ihnen sowieso mein letztes Werk schenken. Gerade heute kamen die Belegexemplare."

Herr Maiberg gab Olivers Mutter ein Taschenbuch und sie las: „Ein Mord kommt selten allein. – Hmm, da bin ich ja mal neugierig, Vielen Dank."

„Und was ist mit mir?", rief Oliver laut, „habe ich etwa kein Exemplar verdient?"

„Mal sehen." Herr Maiberg lächelte Oliver vielsagend an. „Vielleicht widme ich dir ja meinen nächsten Krimi."

„Oliver ist gerade erst zwölf."

„Eeeeeerst?"

„Ich werde den Krimi schon auf einen 12-Jährigen zuschneiden, Frau Berger", lachte Herr Maiberg und zwinkerte Oliver zu, der schmollend seinen Mund verzogen hatte. „Also bis zum nächsten Mal, Oliver und bring eine gute Geschichte mit."

Das werde ich, dachte Oliver und die wird richtig blutrünstig werden! Von wegen erst zwölf!.

Das nächste Mal brachte Oliver tatsächlich eine Geschichte mit. Sie war zwar nicht blutrünstig, doch dafür aus der Nachbarschaft und deshalb nicht nur frischer als die dazugehörige Zeitungsmeldung – 13-Jähriger Bub verschwunden! – die bestenfalls tags darauf erschien, sondern durch die unmittelbare Nähe auch aufregender.

„Der Benni ist weg." Oliver hatte noch nicht einmal seine Jacke ausgezogen, als er Herrn Maiberg mit dieser Nachricht übergoss. „Schon seit gestern Nachmittag! Ist die ganze Nacht nicht nach Hause gekommen! Und heute war sogar Polizei bei uns!"

„Oh, das klingt aber nicht gut. Ist das ein Freund von dir?"

„Nee, eigentlich nicht. Eigentlich ist der sogar ziemlich blöd. Bestimmt hat der sich irgendwo verlaufen oder ist in den Bach gefallen."

„Also dir macht sein Verschwinden wohl keine großen Sorgen."

„Nicht wirklich. Der taucht bestimmt wieder auf. Aber das ist doch trotzdem gut für eine spannende Geschichte, oder?"

Herr Maiberg warf Oliver einen missbilligenden Blick zu, sagte dann aber: „Vermutlich hast du recht. Der taucht bald wieder auf. Im Grunde werden fast alle vermissten Kinder spätestens nach 24 bis 48 Stunden gefunden. Wie gut kanntest du denn den – Benni?, sagtest du?"

„Benni, ja. Benjamin Sommer. Na ja, so ein bisschen, der wohnt ja gleich da unten in der Straße und ist außerdem bei mir in der Klasse. Wie gesagt, der ist eigentlich ein richtiges A... Hat immer so blöde Sprüche drauf, stänkert rum, voll der bescheuerte Typ."

„Jetzt brems dich mal. Wir wissen nicht, was mit ihm passiert ist, und da finde ich es nicht schön, mir jetzt Beschimpfungen über ihn anhören zu müssen. Wer weiß in was für einer misslichen Lage er sich befindet!"

„Tschuldigung." Oliver ließ den Kopf hängen. Nun wurde es wohl doch nichts mehr mit der Geschichte.

Aber schon wurde Herrn Maiberg wieder ganz zum neugierigen Krimiautoren. „Für einen realistischen Krimi ist es natürlich immer gut, wenn man auf eigene Erfahrungen und bekannte Personen zurückgreifen kann. Also, lass uns mal brainstormen. Was könnte passiert sein, abgesehen davon dass er vermutlich einfach weggelaufen ist?"

„Entführt?"

„Sind seine Eltern denn reich?"

„Eher nicht, die wohnen da unten in dem ollen Wohnblock."

„Also können wir Entführung streichen. Die taugt nur, wenn es etwas zu erpressen gibt. Oder könnten die Zugang zu irgendwelchen geheimen Daten oder Formeln haben? Sind Vater oder Mutter Bankangestellt, Mitarbeiter in einem Forschungslabor oder so etwas?"

„Auch nicht. Die Mutter sitzt manchmal an der Kasse beim Supermarkt und der Vater ... weiß nicht genau. Irgendetwas Handwerkliches jedenfalls."

Gut. Anderes Motiv. Du hast gesagt, er hat immer rumgestänkert. Wie wär's dann damit: Er hat sich mit einer Jugendgang eingelassen, dann gab es Streit und ..."

„Nicht der Benni. Der war zu mickrig und uncool für eine Bande. Den wollte niemand in seiner Gruppe haben."

„Hm. Also eher ein Einzelgänger?"

„Na ja, weil der halt auch so blö... nicht beliebt war."

„Passt natürlich gut zum Weglaufen. Und was heißt bei dir mickrig? War er besonders klein? Schmächtig?"

„Na ja,weiß nicht. Eigentlich ähnlich wie ich."

„Also klein und schmächtig."

„Ich bin doch nicht schmächtig! Aber gut, der Benni schon. Eben doch kleiner als ich."

„Und trotzdem so frech? Da könnte ihm doch ganz schnell mal ein anderer Junge aufgelauert haben, um ihn gehörig zu vermöbeln. So schlimm, dass er jetzt womöglich irgendwo verletzt herum liegt und Hilfe braucht."

„Nee, dann hätte man ihn längst gefunden. Dem könnte man höchstens auf dem Schulweg auflauern. Sonst war der nur zu Hause. Am Computer oder Handy. Weil er da so viele tolle Spiele drauf hat. Hat er jedenfalls immer mit angegeben."

„Okay, dann fällt mir jetzt auch nichts mehr ein und für heute machen wir Schluss. Bis zum nächsten Mal denken wir beide dann noch mal intensiv darüber nach, was einem kleinen schmächtigen 13-Jährigen zugestoßen sein könnte."

„Aber morgen kann ich nicht, morgen haben wir ein wichtiges Fußballspiel."

„Na dann viel Glück und bis übermorgen. Bis dahin ist auch Benni sicherlich zurück und wir können vielleicht sogar noch ein paar echte Fakten in unsere Geschichte einbauen."

Als Oliver am Tag darauf verschwitzt aber glücklich seine Sporttasche auf dem Fahrrad-Gepäckträger befestigte, staunte er nicht schlecht, als ihn eine vertraute Stimme begrüßte:

„Gratuliere zum Sieg. Und dein Tor war ja auch nicht gerade von schlechtern Eltern."

„Herr Maiberg. Wie kommen Sie denn hierher?"

„Ich war einkaufen." Herr Maiberg deutete auf die große Tasche in seiner Hand. „Und da kam ich zufällig hier vorbei und hab gesehen, dass ihr gerade spielt. Also dachte ich, ich schau mal ein bisschen zu."

„Und mein Tor haben Sie gesehen, ja?" Oliver lief Fahrrad-schiebend neben Herrn Maiberg her.

„Ja, war klasse. Ich meine, ich bin ja nicht so der große Fußballfan, aber ihr habt wirklich gut gespielt – soweit ich das beurteilen kann."

„Danke! – Sind Sie eigentlich den ganzen Weg zu Fuß gegangen?"

„Na klar." Herr Maiberg lachte. „Das mache ich fast immer. Ich brauche doch auch mal ein bisschen Bewegung und wenn so schönes Wetter ist wie heute, dann mache ich gern einen Spaziergang. Dabei lässt sich gut die Umgebung erkunden, die ich dann wieder in meinen Krimis beschreibe."

„Damit´s realistisch klingt?"

„Genau! Und heute bin ich mal hier am Sportplatz vorbeigegangen, da gibt es einige ganz interessante Wege."

„Ja, das wäre bestimmt auch eine Gegend, in der Benni verschwinden könnte."

„Warum nicht? Hat er denn auch Fußball gespielt?"

„Nö, der ist ja zu dumm, um einen Ball zu schießen. Der ist in der Leichtathletik-Gruppe. Gibt es eigentlich was Neues von ihm? Heute in der Schule war er jedenfalls noch nicht wieder da und niemand wusste was."

„Du, ich bin Kriminal*autor*, kein Kriminal*kommissar*. Ich denke, dass du schneller was hörst als ich."

„Na dann." Oliver zuckte die Achseln „Übrigens ist mir eingefallen, dass Sie Benni sogar kennen müssten. Ich habe ihn nämlich neulich mal aus Ihrer Wohnungstür kommen sehen."

„Tatsächlich? Lass mich mal überlegen." Herr Maiberg zog seine Stirn in Falten und schaute wie in weite Ferne. „Ist das vielleicht so ein blondgelockter mit blasser Haut und Sommersprossen?"

„Bingo!"

„Ah... Das war also Benni." Herr Maiberg nickte nachdenklich. „Ja, der hat mir doch tatsächlich meine Brieftasche gebracht. Die muss mir bei einem meiner Streifzüge wohl versehentlich aus der Jackentasche gefallen sein."

„Ah so“, sagte Oliver und überlegte, ob Herr Maiwald mit Benni auch über seine Krimis gesprochen hatte „Und wieso wusste er, dass es die Ihre war?“, fragte er und spürte einen kleinen Stich in der Brust, weil ihm der Gedanke kam, dass Herr Maiwald vielleicht gar nicht nur mit ihm, Oliver, solche Gespräche führte.

„Weil ich Visitenkarten mit meiner Adresse drin stecken habe. Als Autor muss man die immer parat haben.“

Oliver nickte und entspannte sich. „Wundert mich ja, dass er die abgegeben und nicht behalten hat“, sagte er dann.

„Du denkst wirklich nur schlecht von ihm oder? Ich fand den eigentlich sogar sehr nett.“

„Das ist nicht Ihr ernst! Benni? Nett? Dann war das doch ein anderer Junge.“

„Hmm, ich habe mir seinen Namen ja nicht gemerkt. Habe ihm zehn Prozent Finderlohn gegeben und da hat er sich gefreut, ist dann aber auch schnell wieder weggeflitzt.“

„Wissen Sie was?“

Oliver war so abrupt stehen geblieben, dass Herr Maibergs Tasche gegen sein Lenkrad schlug.

„Was hat dich denn gestochen?“

„Eine Idee. Eine Idee hat mich gestochen. Jemand hat Benni hier abgepasst. Nach der Leichtathletik. So wie Sie heute mich. Schauen Sie sich mal um. Keiner da. Keiner sieht uns zusammen.“

„Aber sicher vorhin bei den Fahrradständern.“

„Glaub ich nicht. Da waren doch lauter fremde Leute. Eltern und andere Zuschauer und die, die jetzt spielen. Und außerdem – mit dieser Sonnenbrille und dem Käppi sehen Sie ganz anders aus. So kann es doch auch bei Benni gewesen sein. Jemand hat ihn mitgenommen und dann umgebracht!"

„Puhh. Das ist aber ganz schön harter Tobak. Warum sollte das jemand tun?"

„Na ja, gibt doch so Männer. Die kleine Jungs umbringen."

„Aber wieso hat Benni sich nicht gewehrt? Bei all den Leuten dort am Platz. Wenn da ein Fremder ein Kind schnappt, das schreit und sich wehrt, dann werden die aber ganz schnell aufmerksam."

„Mhm? Stimmt." Enttäuscht presste Oliver die Lippen zusammen, doch dann kam ihm ein neuer Gedanke. „Na klar, er kannte den Typen!"

Herr Maiwald nickte. „Das ist ein guter Gedanke. Sind ja sowieso meist Leute aus dem Bekanntenkreis oder näheren Umfeld, die sich an Kindern ranmachen." Er nickte erneut. „Okay, er ist freiwillig mitgegangen. Und mit wem? Wen könnte er gekannt haben, dem so etwas zuzutrauen ist? Es sollte sicherlich ein Mann sein. Am besten unauffällig, vermutlich alleinstehend ..."

„Hm. Weiß nicht. Herr Koch vom dritten Stock?"

„Nie und nimmer! Der hat eine hübsche Frau und drei kleine Kinder und, nein, nein, der passt nicht wirklich ins

Bild. Obwohl ... manchmal sind es tatsächlich solche. Aber nein. Das gefällt mir nicht."

„Herr Gruber."

„Der Vater von der Bäckerin? Nein. Der ist bestimmt schon über 70. Der kommt wirklich nicht in Frage."

„Ja dann... – Ha, wie wär´s mit – Ihnen?"

„Ich? Ich soll jetzt so einen wüsten Kindermörder spielen?"

„Das hat den Vorteil, dass wir beide die Figur gut kennen und beschreiben können."

„Gut gebrüllt Löwe." Herr Maiwald schaute Oliver mit einem Blick an, den dieser als Anerkennung interpretierte. „Na gut. Nehmen wir an, ich bin so einer. Benni kennt mich und geht mit. Und was passiert dann?"

„Sie nehmen ihn mit in den Wald. Weil ... Sie wollen ihm was zeigen. Irgendein tolles Versteck zum Beispiel. Oder einen Fuchsbau. Ich glaube, das könnte ihn interessieren!" Oliver strahlte über das ganze Gesicht und schaute sich um. „Hier ist ja sogar gerade ein Weg!", rief er.

„Klingt nicht schlecht. Aber dann würde derjenige ... also ich in dem Fall bestimmt nicht diesen breiten Weg gehen, sondern ihn dort drüben, auf den schmalen Pfad locken."

„Ja super. Gehen wir da doch mal lang." Oliver legte sein Rad an den Straßenrand und verschwand im Gestrüpp.

He, dein Rad würde ich an deiner Stelle aber nicht so offen hier liegen lassen. Da sind gerade wieder einige

Fahrraddiebe unterwegs. Haste du das nicht gelesen? Wär übrigens auch eine gute Geschichte, wenn wir mit dieser hier fertig sind."

„Na gut." Oliver nahm sein Fahrrad auf und kämpfte sich durch das Unterholz. „Das ist aber viel schwieriger. Da komme ich nicht weit."

„Okay, dann verstecken wir es dort drüben unter dem Busch. Da findet es so schnell niemand."

„Hier kommt sowieso keiner her. Sehen Sie mal, wie dicht alles zugewachsen ist. Ich wette, den Weg kennt kein Mensch."

„Da könntest du recht haben."

Kurze Zeit später fand wurde Oliver ganz aufgeregt. „Hier ist eine richtig gute Stelle, hier könnte es passiert sein!"

„Ich sag dir was, da vorne ist eine kleine Höhle, da könnte es noch besser passiert sein."

„Echt? Wo? Ich seh keine Höhle, nur so was wie eine Lichtung mit Felsen."

„Die ist auch zugewachsen und von außen nicht zu sehen."

„Und wieso kennen Sie die dann?"

„Na woher wohl? Schon vergessen? Ich bin Krimiautor. Ich erkunde die Gegend auf der Suche nach Verstecken für Drogen, Diebes- oder Schmuggelgut oder für Stellen, an denen Verbrechen geschehen könnten."

„Optimal. Als Krimiautor könnten Sie glatt das perfekte Verbrechen begehen."

„Das versuche ich ja auch." Herr Maiwald lachte. „In meinen Büchern zumindest."'

„Haha, guter Witz." Oliver lachte mit.

„Hier ist es." Herr Maiberg schlug an einem Felsen einen Vorhang aus Efeu auf und schob Oliver in die dahinter liegende Höhle.

„Boah. Coooool! Und es gibt sogar Licht."

„Ja. Siehst du da den Spalt dort im Felsen? Da kommt es her.

„Echt cool!"

„Jetzt müssen wir noch den Schluss ausdenken."

„Na hier kann er den Benni einfach packen."

„So zum Beispiel?"

Oliver strampelte sich frei.

„Nein, Sie müssen viel fester zupacken, sonst rennt er ja gleich weg."

„So vielleicht?"

„Urrgh. Schon viel besser."

„Jetzt schreit er aber vermutlich."

„Aber hier hört ihn keiner und außerdem halten Sie ihm bestimmt den Mund zu."

„So?"

Olivers „Ja" ging in einem unverständlichen Gurgeln unter. Jetzt konnte er sich weder rühren noch schreien. Herr Maibergs Körper legte sich schwer auf den seinen, während er seinen Kopf auf den Boden drückte.

Jetzt war es nicht mehr lustig.

Warum bloß zog Herr Maiberg die verdammte Hand nicht von seinem Mund. Noch weiter brauchten sie das Spiel jetzt wirklich nicht mehr spielen. Er bekam ja kaum noch Luft.

Irgendetwas stimmte hier nicht, hatte die Stimmung geändert.

Verzweifelt versuchte Oliver seinen Kopf weit nach hinten zu biegen, um seinen Mund unter der Hand hervorzuziehen. Es gelang ihm nicht, doch sein Blick fiel nun in eine andere Ecke der Höhle und genau auf SIE.

Sie, die wie aus dem Stein gemeißelt schien, hinter dem sie hervorlugte: Sie, die kalkweiße Hand, die so klein und schmächtig war, wie man es von der Hand eines kleinen schmächtigen 13-Jährigen erwarten konnte.

Was bleibt?

Leise summend, das schlafende Baby hin und her wiegend, schob Karina die Kinderzimmertür auf. Behutsam legte sie Sven ins Bett.

Bevor sie die Tür schloss, betrachtete sie noch eine Weile seine friedlichen Gesichtszüge. Was war er doch für ein süßes Kerlchen!

Das Lächeln auf den Lippen begleitete sie bis in die Küche, wo sie vor sich hinsummend das Abendessen vorbereite.

Ein kaum wahrnehmbarer Laut aus dem Kinderzimmer ließ sie innehalten.

Sven?

Angestrengt lauschte sie zur Tür hinaus, konnte aber nichts mehr hören.

Also schlich sie in den Flur, blieb kurz stehen, um erneut zu horchen und öffnete schließlich die Kinderzimmertür.

Alles schien friedlich.

Sie ging einen Schritt in den abgedunkelten Raum, um in das Kinderbettchen blicken zu können.

Es war leer!

Einen Herzschlag lang hörte die Welt auf zu existieren.

Sie schloss die Augen, atmete tief durch.

Es war nicht wahr!

Wenn sie die Augen wieder öffnete, würde Sven friedlich in seinem Bettchen schlummern.

Jetzt.

Das Bett war leer. Blieb leer.

Er musste herausgefallen sein!

Aber wie?

Wo?

Mit hektischen Blicken suchte Karina das Zimmer ab.

Sven war nicht da.

Ihre Beine knickten ein, sie schnappte nach Luft, hielt sich am Bettpfosten fest ...

Thorsten!

Sie musste Thorsten anrufen. Er musste kommen. Sofort!

Karina stürzte zum Telefon, verwählte sich, ließ den Hörer fallen, hatte endlich Thorsten am Apparat, konnte nur schluchzen, verstand nicht, was er antwortete, sank in die Hocke, presste weinend den Hörer an die Brust.

Nur wenige Minuten später hörte sie seine Schritte auf der Treppe und eilte zur Wohnungstür. „Thorsten! Sven! ...“ Mehr brachte sie nicht heraus.

„Karina, schsch. Ganz ruhig. Ich bin ja da. Was ist passiert?“

„Sven!“

„Sven?“ Thorsten hob die Augenbrauen. „Sven was?“

„Er ist weg.“

Jetzt hatte sie das Schreckliche ausgesprochen. Ein Weinkrampf schüttelte sie.

„Ich versteh nicht“, sagte Thorsten und schaute sie ratlos an.

„Er ist weg!“ Karina riss die Kinderzimmertür auf.

„Ja?“, fragte Thorsten und spähte in den Raum.

„Da, sein Bett ...“

Doch dort, wo Karinas Finger hindeutete, stand Thorstens Schreibtisch. Bedeckt mit Papieren, Stiften und einem kleinen Foto, auf dem sie selbst zu sehen war.

„Aber ...“ Sie sah sich um. Kein Wickeltisch. Kein Kinderzimmerschrank. Keine bunten Vorhänge. Stattdessen Regale voller Ordner und blaugraue Schals an den Fenstern.

Sie schloss die Augen.

Es war nicht wahr. Es konnte gar nicht wahr sein.

„Wer ist Sven?“, fragte Thorsten leise.

Vor Entsetzen schlug sie sich die Hand vor den Mund. Wie konnte er so etwas fragen?

Ein Albtraum?

Wurde sie verrückt?

Sie bekam keine Luft. Klammerte sich an Thorsten.

„Karina!“ Endlich schien er ebenfalls beunruhigt, schüttelte sie an den Schultern. „Was ist mit dir? Was zum ...“

Abrupt ließ er sie los. „Ich rufe Doktor Weber an.“

Karina setzte sich auf einen Stuhl im Flur, sah Thorsten in den Hörer sprechen und schlug die Hände vors Gesicht. Langsam wiegte sie sich vor und zurück. Nichts sehen. Nichts hören. Nur hin und her. Hin und her ...

Ganz ruhig. Sie musste gaaanz ruhig werden. Dann würde der Alptraum von selbst wieder aufhören.

„Frau Mang? ... Entschuldigung, die Tür stand offen ... Frau Mang?"

Die Stimme schien aus weiter Ferne zu kommen. Jemand berührte ihre Schulter.

Karina hörte mit der Schaukelei auf, lauschte, öffnete vorsichtig die Augen und schaute nach oben.

Vor ihr stand Doktor Weber.

„Was ist passiert, Frau Mang? Was ist mit Ihnen?"

Schon hatte er eine ihrer Hände ergriffen, fühlte nach dem Puls. Seine andere Hand legte sich auf ihre Stirn.

„Ja", sagte er und steckte ihren Arm in eine Manschette.

Er misst meinen Blutdruck, dachte Karina. Warum? „Hören Sie!", rief sie. „Mein Baby ist verschwunden. Sven!"

„Oh, Sie haben ein Baby? Das wusste ich ja gar nicht." Doktor Weber nahm ihr die Manschette wieder ab. „Puls und Blutdruck sind außergewöhnlich hoch. Ich gebe Ihnen ..."

„Verstehen Sie nicht? Mein Baby ist weg!", schrie Karina. „Das ganze Kinderzimmer ist weg!"

Sie sprang vom Stuhl hoch und der Arzt wich einen Schritt zurück.

„Das ist ja schrecklich", sagte er. „Wie …"

„Da." Karina deutete auf die Tür hinter ihm. „Da … alles weg. Schauen Sie selbst."

Doktor Weber drehte sich um, öffnete die Tür einen Spalt. „Hm …" Er machte die Tür weiter auf, schaute sich genau um. „Scheint mir ein ganz normales Badezimmer zu sein", sagte er schließlich.

„Die Tür meine ich doch nicht! Die andere. Daneben."

„Die andere?"

„Ja doch! Gleich neb…" Fassungslos starrte Karina an Doktor Weber vorbei. Was passierte hier? Wo war die Tür?

Thorsten! Das musste Thorsten erklären. Sie war außerstande normal zu denken. „Thorsten? - Thooorsten!"

„Wer ist Thorsten?", fragte der Arzt.

„Wie? Das ist mein Mann." Karinas Stimme zitterte.

„Sie sind verheiratet?"

„Natürlich bin ich verheiratet!" Was war denn heute los? In Karinas Kopf begannen tausend Nadeln zu stechen. „Mein Mann hat Sie doch rein gelassen."

„Ähm … Die Tür stand offen. Wie ich schon sagte …"

„Und er hat Sie angerufen!"

„Hm … Nein. Das waren Sie. Sie haben mich angerufen." Doktor Weber schaute sie besorgt an. „Und weil Sie so durcheinander klangen, wie ein Notfall, bin ich auch gleich gekommen."

„Waas?“ Karina sah den Arzt an, als sei er ein Geist.

„Zum Glück habe ich wenigstens Ihre Stimme erkannt, sonst ...“

Sonst? Wie vom Blitz getroffen rannte Karina durch die Wohnung.

„Thorsten!“, rief sie ins Wohnzimmer, in die Küche. Beide leer. Und keine Antwort.

Als sie schließlich das Schlafzimmer öffnete, prallte ihr Blick an einem breiten Einzelbett ab. Nichts, aber auch gar nichts, deutete auf die Anwesenheit einer zweiten Person hin.

Hinter sie war Doktor Weber getreten. „Ähm ja ... Wie gesagt. Sie scheinen mir sehr durcheinander. Ich gebe Ihnen am besten ...“

Karina drehte sich zu ihm um. „Was passiert hier?“, schrie sie.

„Frau Mang“, sagte er und griff nach ihrem Arm.

Doch Karina rannte zur Wohnungstür.

Frau Kuhn! Sie musste zur Nachbarin. Die lauschte den ganzen Tag ins Treppenhaus und würde es wissen, Thorsten, Sven ... alles.

Auf ihr Sturmgeläute öffnete eine ältere Dame mit Brille und strengem Gesichtsausdruck.

„Sie schon wieder“, schimpfte sie. „Was wollen Sie?“

„Frau Kuhn! Bitte! Sie müssen mir helfen!“

„Ich habe Ihnen doch gesagt, dass ich Ihnen nicht helfen kann. Gehen Sie zu einem Arzt. Aber belästigen Sie nicht dauernd mich! Wieso kommen Sie überhaupt zu mir?"

„Sie sind doch meine Nachbarin ..."

„Ihre Nachbarin? Gott bewahre. Da wäre ich aber schon längst ausgezogen!" Frau Kuhn funkelte Karina böse an. „Ich kenne Sie nur als die Frau, die dauernd bei mir läutet und meint, ich müsse ihr unbedingt helfen."

„Aber ich habe doch noch nie ..."

„Dauernd!" Frau Kuhn spuckte ihr das Wort förmlich ins Gesicht. „Und wissen Sie was? Mir reicht's. Jetzt rufe ich die Polizei."

„Ja." Karina wankte zurück. „Polizei. Das wird das Beste sein." Sie würde in ihre Wohnung zurückgehen und dort auf die Polizei warten. Die würde Sven finden. Und Thorsten.

Karina stolperte rückwärts durch das Treppenhaus, bis sie auf der anderen Seite angekommen war. Hier wohnte das Ehepaar Gruber. Zwischen dieser und Frau Kuhns Wohnung war die Tür zu ihrer eigenen.

Hätte sie sein sollen.

„Und alles aufklären", flüsterte Karina und starrte auf die kahle Wand zwischen den beiden Nachbarwohnungen. Dann sank sie in Ohnmacht. Spürte gerade noch, wie starke Hände sie aufhoben und auf etwas Weiches legten.

Als Karina erwachte, war ihr sofort klar, was sie geweckt hatte: Ein feiner Laut, der ihr fremd und doch so überaus vertraut schien.

Mit einem Ruck richtete sie sich auf. Ihr Kopf dröhnte und schmerzte.

Was war passiert? War sie eingeschlafen? Aber wieso?

Sie erhob sich von der Couch und wankte in den Flur. Ein leichter Schwindel zwang sie, sich an der Wand abzustützen.

Der Laut kam aus dem Kinderzimmer. Sven musste aufgewacht sein.

Vorsichtig öffnete sie die Tür zum Kinderzimmer.

Hinter ihrer Stirn formte sich die Erinnerung an einen vergangenen Alptraum.

Sie schaute ins Zimmer.

Die Hände ans Gitter des Kinderbetts gekrallt, strahlte sie ein etwa einjähriges Kind an, sagte „Mama", streckte die Ärmchen nach ihr aus, plumpste auf seinen Hintern zurück und gluckste.

„Sven!" Karina sprang rückwäts in den Flur, schloss vor Schreck die Tür.

Das war nicht Sven. Das konnte gar nicht Sven sein. Sven war ein Baby. Knapp sechs Wochen alt.

Die Türklinke noch in der schweißnassen Hand, schaute sie sich in der Wohnung um.

Alles sah so aus, wie es aussehen sollte. An der Garderobe zur Linken hing, neben ihrem Sommermantel, eine Herren-Laufjacke. Durch die halbgeöffnete Schlafzimmertür, auf der anderen Seite des Flures, zeigte sich ein zum Lüften aufgeschlagenes Doppelbett.

Links von ihr war die Badezimmertür nur angelehnt, so dass ihr Blick zwei Zahnbürsten und einen Rasierapparat erhaschen konnte.

Kein Zweifel: In dieser Wohnung lebte außer ihr noch ein Mann.

Ihr Mann!

Thorsten.

Sie kühlte die Stirn an der Kinderzimmertür, kämpfte gegen eine aufsteigende Übelkeit.

Alles war ruhig. Auch aus dem Kinderzimmer drang kein Laut mehr.

Wenn sie jetzt hineinging, würde dort ein knapp sechs Wochen altes Baby in seinem Bettchen schlafen. Alles würde gut sein.

Sie musste nur die Tür öffnen. Dem Spuk ein Ende bereiten.

Sofort!

Mit einem Ruck riss Karina die Tür auf, ließ ihren Blick durch den abgedunkelten Raum huschen.

Begleitet von einem tiefen Stoßseufzer nahm sie die vertraute Atmosphäre auf. Alles war wie es sein sollte: Der Wickeltisch, daneben der kleine Kleiderschrank.

Die Fenster waren mit bunten Vorhängen geschmückt. Und vor ihr stand das Kinderbettchen, in dem der sechs Wochen alte Sven friedlich schlief.

Zwar sah sie ihn nicht, aber es konnte gar nicht anders sein.

Mit angehaltenem Atem trat sie einen Schritt vor, um in das Bettchen hinein spähen zu können.

Kurz schloss sie die Augen, um Kraft zu schöpfen. Sich zu wappnen für das, was sie sehen würde.

Endlich wagte sie den Blick ...

Und ihr Herz stolperte.

Auto unter Verdacht

Es war ein wunderschöner, fast frühlingshafter Tag im Januar. Gertrud und Theodor gingen ihren Lieblingsweg: Ein für ´Fahrzeuge aller Art´ gesperrter Pflasterweg, der sich aus dem Dorf hinaus zwischen Wiesen und Felder in ein nahe gelegenes Wäldchen schlängelte. Hier konnten sie die Stille, das Rauschen des Windes und an diesem sonnigen Tag sogar lebhaftes Vogelgezwitscher genießen.

Schweigend und bedächtigen Schrittes gingen sie nebeneinander. Theodor, der nicht mehr so gut bei Fuß war, stützte sich mit einem Stock ab. Auf der anderen Seite hatte sich Gertrud - wie immer - bei ihm eingehakt. Kurz bevor sie das Wäldchen erreichten, sah Gertrud das verlassene Auto am Straßenrand. Sofort kam Leben in ihr Gesicht.

„Sieh mal Theodor, das Auto da.“

„Ja, ja“, brummte er, „was die Leute so alles rumliegen lassen.“

„Hmm. Ist schon merkwürdig nicht? Ich meine, dass das hier so abgestellt ist.“

„Was soll da merkwürdig sein? Hat wohl jemand eine Panne gehabt."

„Ausgerechnet hier? Und überhaupt ..., hier darf ja gar kein Auto fahren."

„Tja, da wollten vielleicht welche ungestört sein." sagte Theodor und versuchte Gertrud zum Weitergehen zu bewegen. Diese Unterbrechung des friedlichen Spaziergangs passte ihm gar nicht.

Gertrud machte sich von ihm los und ging näher an das Auto heran.

„Das sieht wie versteckt aus, findest du nicht?"

„Ich sag ja: Schäferstündchen"

„Ach Theodor. Jetzt bleib doch mal ernst. Ich denke da an ganz was anderes."

„Und was bitte?"

„Erinnerst du dich nicht? Letzte Woche in dieser Fahndungssendung im Fernsehen. Du weißt schon, der Bankraub in Mühlfelden."

„Nee, ich erinnere mich nicht. Außerdem ist das über 100 Kilometer von uns entfernt."

„Was sind schon 100 Kilometer! Das Fluchtauto der Bankräuber war jedenfalls genau so eines wie dieses."

„Ach Gertrud, du schaust zu viele Krimis. Komm jetzt weiter."

„Theodor!"

„Was ist denn nun schon wieder?"

„Theodor, hier ist die Aktenmappe!" Triumphierend hob Gertrud eine braune Aktentasche in die Luft. „Eine braune Aktenmappe. Genau wie bei dem Überfall."

Misstrauisch beäugte Theodor die Tasche. „Die sieht aber schon ziemlich alt und mitgenommen aus. Wo hast du die denn her."

„Die lag da vorne im Graben."

„Die hat einfach jemand weggeschmissen."

„Natürlich. Und zwar die Bankräuber. Jetzt, nachdem alle Leute das Auto und die Aktentasche von der Sendung her kennen."

„So sehen doch alle Aktentaschen aus."

„Aber in dieser war das Geld drin. Schau Theodor." Gertrud hatte die Aktentasche geöffnet und eine leere Plastiktüte herausgefischt. „Hier ist die Tüte, in die die Bankräuber das Geld gewickelt hatten."

„Eine Plastiktüte wie jede andere." Theodor schnaufte hörbar aus. Gemächlich ging er zu dem Wagen und spähte durch das vordere Seitenfenster.

„Siehst du was?", rief Gertrud ihm zu.

Als Theodor nicht antwortete, sondern weiter durch die Scheibe starrte, kam sie neugierig zum ihm hin.

„Was siehst du da?", fragte sie und presste ihr Gesicht ebenfalls an die Scheibe.

Auf der Rückbank lagen ein blauer Wollstrickpullover und eine dunkelblaue Wollmütze. So eine mit Zusatz-strickteil den man wie einen Kragen um den Hals legen konnte, oder vor das Gesicht ... Und halb vom Beifahrersitz verdeckt lag ein Zehn-Euro-Schein.

„Glaubst du mir jetzt?", flüsterte Gertrud.

Die Polizeiwache war gleich hinter dem Ortsschild.

Freundlich grüßte der junge Polizist das ältere Ehepaar und hörte sich ihr Anliegen an. Er saß an einem Schreibtisch und machte sich Notizen. Die schmutzige Aktentasche betrachtete er allerdings etwas skeptisch und widerwillig. Dann beschrieb Gertrud den Wagen und den genauen Fundort.

Der Polizist legte seinen Stift beiseite und schaute abwechselnd zu Gertrud und Theodor. „Ähem, ja, also, das Auto ..., das Auto, das Sie da beschreiben, das hat nichts mit der Sache zu tun."

„Wissen Sie das genau?" Gertrud war empört. „Im Auto liegt sogar noch die Kleidung ... und Geld ... Wollen Sie es sich nicht lieber erst einmal anschauen?"

„Das ist nicht nötig. Ich .... ich kenne es."

„Sie kennen das Auto?" Ungläubig schaute Gertrud dem jungen Polizisten ins Gesicht. „Wem gehört es denn?"

Der Polizist schaute zurück und es sah aus, als müsse er die Antwort überlegen.

Dann sagte er mit fester Stimme: „Es ist meins.."

Teuflischer Mord

„Die Leiche der schwangeren Frau wurde am Samstag im Park gefunden. Hände und Füße waren gefesselt, ihr Bauch war aufgeschnitten und das Baby fehlte", las Hendrik. „Was soll das? Willste mich mit diesem teuflischen Mord vergraulen? Ich dachte, wir trinken gemütlich ein Bier zusammen."

„Na ja, du hast mich gefragt, was Moritz so Geheimnisvolles mit mir zu besprechen hatte." Fabian faltete den Zeitungsausschnitt zusammen, den Hendrik ihm über den Tresen zurückgeschoben hatte.

„Moritz bearbeitet diesen Fall? Wusste ich gar nicht. Aber was hast du damit am Hut?"

„Moritz wollte meinen Rat."

„Biste jetzt auch noch Kriminalist?"

„Quatsch. Meinen astrologischen Rat."

„Ach komm. Willste mich veräppeln? Wo soll denn da ein Zusammenhang sein? Oder stehen Morde jetzt auch schon in den Sternen? Ich bitte dich!"

„Er hatte einen Anruf. Anonym natürlich. Da hat eine Hellseherin auf eine bestimmte Sternenkonstellation ..."

„Wichtigtuerin. Kennt man doch! Wieso glaubt …“

„Dachte Moritz ja auch.“, unterbrach ihn Fabian. „Aber dann kam noch ein anonymer Anruf. Von einer anderen Person. Das Baby sei am Leben und zwar – jetzt halt dich fest – sei es wegen seines Sternzeichens geraubt worden! Und das ist dem guten Moritz nicht mehr aus dem Kopf gegangen. Sie haben ja bisher auch nicht die geringste Spur. Die wissen nur den Namen der Frau, dass sie aus Polen stammt und hier keine Verwandten hat. Aber nicht mal, wer der Vater von dem Kind ist.“

„Und jetzt sollen die Sterne helfen? Das kann ich mir beim besten Willen nicht vorstellen.“ Hendrik leerte sein Glas mit einem Zug und winkte nach der Bedienung. „Einmal Luft rauslassen, bitte.“

„Ich habe da so eine Idee“, sagte Fabian und rief über den Tresen: „Bei mir das gleiche, bitte!“

„Spucks aus.“ Hendrik neigte seinen Kopf dicht zu Fabian hinüber.

„Nächstes Mal. Erst muss ich noch was recherchieren.“

***

Jupiter trägt vor allem dadurch zu Verbrechen bei, dass er die Erlaubnis dazu gewährt und von jeglichen Beschränkungen befreit. Ein starker Jupiter ist nicht bereit, an vorgeschriebenen Grenzen jedweder Art innezuhalten.

Fabian markierte die Stelle und überflog den nächsten Abschnitt:

Die Massenmörder hatten fast gleiche Konstellationen ...

Die Hauptaspekte zwischen den äußeren Planeten sind ein Trigon zwischen Jupiter und Uranus und ein Quadrat von Jupiter und Saturn. Hinzu kam eine Mars-Pluto-Konjunktion im Steinbock ... starke Merkur-Uranus-Kontakte ... Jupiter in Konjunktion mit dem Aszendenten ...

Er strich auch diese Stellen an und legte das Dokument zu seiner Notiz über den Steinbock: *Dieses Streben nach Taterlösung und das Wissen um Leid ... machen ihn hart, schroff und verschlossen. Er ist wie ein Felsen: Einerseits wuchtig und hochragend, andererseits karg in seinen Ausdrucksformen. ... Seine brutale Kaltherzigkeit und sein grausamer Egoismus stempeln ihn durchaus zu einem potentiellen Verbrecher und Mörder ...*

Doch noch hatte er nicht gefunden, was er wirklich suchte: Einen Artikel, auf den er eher zufällig gestoßen war, eine Vorhersage über die ein sogenannter Experte namens Seiler referiert hatte. Ziemlich obskur das Ganze und eigentlich auch nicht sein Fachbereich, aber doch interessant. Und genau die Art von Papier, die sich besonders schnell verflüchtigte.

Zum dritten Mal in dieser Nacht durchsuchte er seinen Stapel mit den nicht abgelegten Unterlagen. Es war der größte Stapel auf seinem Schreibtisch.

„Verfluchte Sklavenarbeit. Warum macht hier niemand Ordnung?", schrie er ein kleines zerrupftes Blättchen an.

Dann fiel ihm auf, dass er diesen Zeitungsausschnitt seit etwa zehn Minuten in Händen hielt, ohne ihn zu verstehen.

Er gähnte und schaute auf die Uhr: Halb Zwei. Der Artikel musste wohl bis zum nächsten Tag warten.

***

„Ach du bist´s." Moritz klemmte sich den Telefonhörer zwischen Schulter und Kinn, suchte nach einem Stift und ließ dabei den Hörer fallen.

Sein Kollege grinste ihn über den Schreibtisch hinweg an und formte mit den Lippen: „Du lernst es nie."

Moritz drehte sich weg. „Ja, ... du meinst ... aha. Natürlich. Ich verstehe überhaupt nichts. ... Was für eine Gruppe? ... Ach so, nein, da ist bei uns in der Nähe nichts bekannt. Oder? Doch ein paar Jugendliche, aber die sind harmlos. ... Wie? Wie ist der Name? ... M-a-n-f-r-e-d – S-e-i-l-e-r. Na gut. Ich werde der Sache nachgehen. Wir haben ja eh nur Strohhalme. Danke dir, Fabian. Hast dir echt Mühe gemacht. Klang richtig wissenschaftlich. ... Ja, okay, ist 'ne Wissenschaft. Bis die Tage. Ciao."

Moritz wandte sich wieder zu seinem Kollegen. „Gab es irgendeinen Manfred Seiler im Umfeld von unserem Kaiserschnitt-Opfer?"

„Kaiserschnitt-Opfer? Maria. Sag *bitte* Maria. Ich mag diese Abstrahierung nicht. Klingt … zynisch.“

„Also schön, Maria. Ist halt meine Art, wenn ich etwas schrecklich finde. Maria klingt viel zu brav für so ein scheußliches Verbrechen.“

„Ich finde, das sind wir ihr schuldig …“

„Schon gut. Was ist jetzt mit Seiler?“

„Seiler Manfred? Ja, mhm … Da muss ich nachschauen. Kann sein, dass der Name aufgetaucht ist.“

„Dann schau halt. Du hast doch das Umfeld von dem … der Maria gecheckt.“ Moritz klopfte mit dem Stift auf seinen Schreibtisch.

„Ja, hier, tatsächlich. Der Name wird erwähnt. Von einer Zeugin. Die gibt an, dass sie Maria in letzter Zeit öfter mit einem Seiler zusammen gesehen hat.“

„Und? Was hat seine Überprüfung ergeben?“

„Na was wohl? Schien nur ne flüchtige Kneipenbekanntschaft zu sein.“

„Also, dann überprüft ihn noch mal. Und diesmal mit seinem gesamten Umfeld. Ich möchte alle Kontakte wissen. Die, die er pflegt und auch die, die er nicht pflegt. Und …“, Moritz winkte ungnädig mit der Hand, als sein Kollege den Mund aufklappte. „Frag mich jetzt nichts!“ Mit verschränkten Armen starrte er vor sich hin. „Vielleicht ist ja gar nichts dran“, brummte er und versuchte, Fabians Informationen neu zu sortieren. Das klang alles so abscheulich.

Schließlich stand er auf, um sich einen Kaffee zu holen. Cognac wäre ihm lieber gewesen.

***

Fabian saß über seiner Ablage, die durch die Sucherei noch chaotischer geworden war. Zum vierten Mal hielt er nun das gleiche Dokument in den Händen. „Dann eben weg mit dir! Wenn du nirgends hingehören willst, dann kommst du dorthin."

Er zerknüllte das Blatt zu einer Kugel und warf es in den Papierkorb. Grimmig wandte er sich dann wieder dem Durcheinander zu. „Und? Wer von euch möchte der nächste sein?"

Das Telefon läutete. Erleichtert sprang er auf. Jetzt war ihm jede Ablenkung recht.

„Moritz! Dass du dich so schnell meldest, hätte ich nicht gedacht."

Das Telefon am Ohr ging Fabian in die Küche und goss sich ein Glas Wasser ein.

„Volltreffer? ... Tatsächlich? ... Mensch, Moritz, jetzt weiß ich nicht, ob ich dir zu dem schnellen Erfolg gratulieren soll oder schockiert bin, dass ich Recht hatte. ... Dir geht's auch so? ... Ja, wenigstens das Baby habt ihr lebend gefunden. ... Du hast recht, das sollten wir. ... Ich sag Hendrik Bescheid. Hab ihm sowieso versprochen, ihn über meine Ahnungen aufzuklären. Bis dann."

Fabian kippte das Wasser in den Ausguss und füllte das Glas mit Schnaps.

***

„Noch mal bitte. So, als ob ich von Okkultismus noch nie was gehört hätte."

„Also gut, Hendrik, dann noch mal ganz von vorne." Fabian holte tief Luft.

„Lass mal gut sein." Moritz legte Fabian die Hand auf den Arm. „Du machst das viel zu kompliziert. Aszendent im Haus sowieso und Jupiter, der aus einem Steinbock einen Teufel macht, das versteht doch kein Mensch. Also ..."

„Moment." Hendrik hielt sein leeres Glas hoch über den Kopf. „Bitte einmal Luft rauslassen. - Okay, jetzt du, Moritz."

„Diese Maria ... denkt mal, die haben sie doch tatsächlich auch wegen des Namens ausgesucht. Eine Verhöhnung der ganz besonderen Art ... also Maria sollte zu einem ganzen bestimmten Tag ein Kind zur Welt bringen. Dafür haben sie ihr viel Geld geboten."

„Die, das sind Satanisten, sagst du."

„Genau. Das war erst eine kleine Gruppe Jugendlicher. Nicht weiter auffällig. Aber dann kam dieser Manfred Seiler. Der wollte die Gruppe zu treu ergebenen Jüngern machen. Und sie sollten sich um Maria kümmern, denn die sollte den neuen Herrscher, den neuen ..." Moritz nahm

62

eine kräftigen Schluck aus seinem Glas, „Satan, brr ... also
ihr Kind sollte sie im Verborgenen zur Welt bringen. Da
gab es so eine Prophezeiung. Ein Kind, das genau an diesem Tag geboren würde, hätte alle gewünschten Anlagen.
Steinbock mit Jupiter und ich weiß nicht was für Konstellationen und Konjunktionen. Das Kind musste also an
diesem Tag geboren werden, verstehst du? Sogar die Uhr-
zeit sollte passen.“

„Aber ...“, Hendrik schüttelte sich, „hätte man nicht
einfach per Kaiserschnitt ...?“

„Kaiserschnitt! Sag ich ja.“ Moritz donnerte so heftig
mit der Faust auf den Tresen, dass ein Schwall Bier aus
seinem Krug schwappte. „Die Maria wollte aber nicht
mehr, die wollte plötzlich weg, das Kind behalten und
nicht bei denen zu einem Ungeheuer werden lassen.“

„Mein Gott. Was für ein Wahnsinn. Und alles nur, weil
die Sterne gut standen für so einen ... Um Himmels Willen, was wird denn jetzt aus dem Kind?“

„Keine Sorge, das ist schon hinter Gittern.“

„Mo...tz!“ Hendrik prustete in sein Bier, dass die Tropfen flogen.

Fabian riss die Augen auf: „Die ... die Sterne sind doch
nicht alles ...

„Gitterbettchen!“, sagte Moritz feixend. „Ich red von
Gitterbettchen!“

4-3-5 – tot

– Ein Rätselkrimi –

Richterin Ilona Gerster wohnte in einer Villa in Tutzing, weitab von den Kriminellen, denen sie tagsüber am Münchner Amtsgericht dicke Geld- bis langjährige Haftstrafen aufbrummte, wobei sie gar nicht zimperlich war. Das hatte ihr so manch schlimme Rache-Androhung eingebracht. Doch im beschaulichen Tutzing auf der Terrasse ihres gut eingewachsenen Gartens verbannte sie all die Verbrechen aus ihrem Kopf.

Hier würde ihr niemand etwas anhaben.

Der wachhabende Polizist in der Notrufzentrale schaute auf die Uhr und unterdrückte ein Gähnen. Es war kurz nach zwei. Bisher war alles ruhig geblieben, doch die Nacht war noch lang.

Er stand auf, um sich einen frischen Kaffee zu holen als der Notruf hereinkam.

Am anderen Ende der Leitung war Richterin Gerster. Mit ungewohnt aufgeregter Stimme berichtete sie, dass jemand vor ihrer Terrassentür stehe und versuche, ins Haus einzudringen

„Bitte kommen Sie schnell", raunte sie. „Ich kenne den. Er gehört zu denen, die mir schon heftig gedroht ha…" Sie verstummte mitten im Wort, der Beamte vernahm lautes Klirren, dann Schreie.

„Frau Gerster … ?", brüllte er ins Telefon. „Was ist passiert? – Sind Sie noch dran?"

Am anderen Ende wurde aufgelegt.

Die Streife, die zur Villa von Frau Gerster raste, kam zu spät: Die Richterin lag erstochen in ihrem Blut auf dem Wohnzimmerteppich.

Kriminalhauptkommissar Max Wieland und sein Kollege Nico Reiter übernahmen den Fall, der allerhöchste Dringlichkeit besaß.

Auf dem Schreibtisch von Frau Gerster fanden sie drei Briefe, in denen die Richterin mit dem Tod bedroht wurde. Der erste war vor vier, der zweite vor drei Wochen und der dritte vor fünf Tagen abgestempelt worden und alle endeten mit dem Hinweis: Noch 4 Wochen …, noch 3 Wochen …, noch 5 Tage …! Der Text setzte sich aus großen ausgeschnittenen Buchstaben zusammen.

Max nahm einen Brief in die Hand. „Die Buchstaben scheinen alle aus Hochglanzmagazinen zu stammen", sagte er.

„Und schlecht ausgeschnitten", ergänzte sein Kollege. „Da sieht man noch jede Menge vom Bild außen rum."

„Stimmt. Damit könnten wir vermutlich sogar das Magazin identifizieren. – So wir es denn hätten.“
Nico legte die Umschläge beiseite. „Die geben nichts her. Die Adresse ist aufgedruckt und auf allen ist die gleiche Allerweltsmarke. Die kann jeder abgeschickt haben.“
Auch sonst fanden sich in der Villa keine verwertbaren Spuren.
In ihrem Büro hatte die Richterin sieben Akten von länger zurückliegenden Fällen auf ihrem Tisch ausgebreitet. Wie sich schnell herausstellte betrafen sie genau die Täter, die sie früher schon bedroht hatten. Diese wohnten alle in der Region und kamen tatsächlich für die Tat in Frage: Die eisige Amanda, Casanova Franz, der schöne Florian, Boxer Freddy, Pussy Tussi, Killer Till und John der Blender.
„Zu viele“, seufzte Nico.
„Boxer Freddy scheidet aus“, wandte Max ein. „Der sitzt im Knast. Die anderen müssen wir halt überprüfen.
Sie schickten zu jedem der sechs Verdächtigen ein Beamtenteam und recherchierten selbst vor Ort weiter.
Nach und nach trafen die Berichte der Teams ein:
Die eisige Amanda lebte allein in Starnberg, hatte sich auch in den vergangenen Wochen dort aufgehalten. Sie war am Abend vor der Tat mit einer Freundin im Kino und anschließend was trinken gewesen. Wann sie nach Hause aufgebrochen waren, wussten weder sie noch ihre Freundin. Magazine würde sie nicht lesen.

Der schönen Florian war mittlerweile von München nach Ingolstadt in das Haus seiner Mutter gezogen. Seit circa einer Woche lag diese im Krankenhaus. Im Flur hingen Fotos von Florian auf einem silberfunkelnden Motorrad. Ein einzelnes Hochglanzmagazin über Motorräder erwies sich als unauffällig.

„John der Blender ist interessant", meinte Nico. „Der wohnt in Weilheim. Genau wie Casanova Franz übrigens. Die beiden sind angeblich zur Tatzeit zusammen gewesen. Tolles Alibi." Er lachte grimmig. „John ist Motorradfreak wie der Schöne und hat ebenfalls Motorradmagazine zu Hause rumliegen. Und nun sieh dir mal dieses Heft an!"

„Das ist in der Tat interessant." Max nickte und betrachtete die aufgeschlagene Seite, auf der Nico einen der Briefe drapiert hatte. Das geschwungen H im Brief glich unverkennbar dem im Magazin und auch der bewölkte Himmel im Hintergrund war der gleiche.

„Da gibt es noch viel mehr identische Stellen im Heft", verkündete sein Kollege.

Casanovas-Franz war vor vier Wochen nach Spanien in den Urlaub geflogen und seit einer Woche wieder zurück. Er lieh sich gelegentlich die Magazine von John aus.

„Boxer Freddy ist wieder dabei", meldete Nico kurz darauf genervt. „Er wurde vor gut drei Wochen aus dem Knast entlassen und lebt seitdem bei einem Kumpel auf dem Hasenbergl. Zur Tatzeit sind beide in irgendeiner Kneipe versumpft. Aber welche das war, daran kann sich natürlich keiner von ihnen erinnern. Also ebenfalls kein Alibi." Er verzog den Mund. „Hochglanz gab´s bei denen nirgends, nicht mal beim Geschirr.

„Dafür habe ich gerade erfahren, dass Killer-Till in den letzten Wochen diverse Großstädte unsicher gemacht hat und just am Tag vor der Tatnacht in Köln wegen Drogenhandel festgenommen wurde", sagte Max.

„Prima. Einer dazu, einer weg. Da waren´s wieder sechs", kommentierte Nico.

Als nächstes berichtete das Team über Pussy Tussi. Sie wohnte in München und war dort im Rotlichtmilieu bekannt. Die Tatnacht hatte sie angeblich mit einem Freier in dessen Auto verbracht. Natürlich hatte sie sich weder für dessen Namen noch für sein Auto interessiert. Bei ihr gab es dagegen sehr viel Hochglanz zu finden, nur keine Magazine.

„Aber was heißt das schon?", meinte Nico. „Jeder kann sich schließlich so ein Magazin kaufen, drin rumschnippeln und dann wegwerfen."

„Stimmt", sagte Max.

Ihre Sekretärin streckte den Kopf zur Tür herein. „Ich habe eine Meldung aus Köln", sagte sie. „Dieser Till Dingsbums ist noch abends vor der Tatnacht gegen 23 Uhr wieder frei gelassen worden."

„Verdammt!", schimpfte Nico. „Jetzt sind es wieder sieben mögliche Täter!"

„Stimmt nicht", sagte Max. „Nach den Informationen und logischen Überlegungen bleibt nur eine einzige Person übrig, die es realistischerweise gewesen sein sollte!"

Wen hat Max im Visier? Wer bleibt nach logischen und realistischen Überlegungen übrig?

Die Auflösung finden Sie auf Seite 145.

Dunkel war´s

Dunkel war´s, der Mond schien helle
Dunkel war's, der Mond schien helle,
Schneebedeckt die grüne Flur,
Als ein Auto blitzesschnelle
Langsam um die Ecke fuhr.
Drinnen saßen stehend Leute
Schweigend ins Gespräch vertieft,
Als ein totgeschossner Hase
Auf der Sandbank Schlittschuh lief.
Und der Wagen fuhr im Trabe
Rückw.rts einen Berg hinauf.
Droben zog ein alter Rabe
Grade eine Turmuhr auf.
Ringsumher herrscht tiefes Schweigen
Und mit fürchterlichem Krach
Spielen in des Grases Zweigen
Zwei Kamele lautlos Schach.

***

„Oh Mann, ist das dunkel hier. Mach doch mal Licht, ich seh ja die Hand vor Augen nicht!“

„Hab doch schon längst die Scheinwerfer an, Kalle. Biste blind geworden?“

„Oh cool! Jetzt sehe ich Licht. Das sind aber nicht deine Scheinwerfer, das ist der Mond!

„Nee, Mond ist nicht, Kalle, da bin ich ganz sicher. Guck doch, wie es über die Straße huscht.

„Ja huscht. Husch, husch. Mensch, Schizzo, du fährst zu schnell. Der Mond rast ja voll durch die Bäume.“

„Scheinwerfer, Kalle, das sind die Scheinwerfer! Pass auf, hier ist der Schalter, wenn ich den dreh, siehste, dann is dunkel.“

„Boaaahhh. Voll groovey, Schizzo. Und der Mond is auch weg.“

„Genau. Und jetzt knips ich dir deinen Mond wieder an. So.“

„Uiiih, das blendet. Ihh, mir wird gleich schlecht. Raaas nich so!“

Ich fahr ganz relaxt! Deine Birne rast, das isses.“

„Geb dir gleich was mit Birne. Man was´n das? Die Sterne fallen vom Himmel.“

„Könnten auch Schneeflocken sein.“

„Schnee. Hihi, Schizzo, pack mal ne Tüte voll ein.“

„Ich muss mich mal konz ... aufpassen. Verdammt! Wo kommt denn die Kurve auf einmal her?“

„Sag ich doch, du bist zu schnell.“

„Quatsch nich, Kalle. Bin schon auf der Bremse, siehste?“

„Mann die Landschaft hat´s in sich heute. So bewe-
gend. Hihi.“

„Hast recht, die doofen Flocken wirbeln alles durcheinander.“

„Pass auf, Schizzo, die Ecke da kenn ich, da müssen wir
rum.“

„Weiß ich doch, Kalle, da fahr ich auch rum.“

„Das schaffst du nie, du flitzt wie´n Rennfahrer!“

„Ich schleich wie ´ne Schnecke. Schau mal, fast wie
Zeitlupe.“

„Ey Schizzo, ich glaub du hast recht, ich glaub wir stehen!“

„Du stehst, Kalle, setzt dich wieder hin, so kann ich
nich fahren.“

„Du darfst ja sitzen bleiben. Mir geht es so besser.“

„Kalle, Alter, setzt dich und laber mich nicht voll. Ich
muss mich konz ... weißt schon, was.“

„Sag ja nichts mehr.“

„Gut.“

„Aber du dann auch nicht.“

„Tu ich ja auch nicht.“

„Das is aber was Gesagtes.“

„Was?“

„Das!“

Hääh?“

„Du reeedest, Schizzo.“

„Du steeeehst, Kalle.“

Will ich ja.“

So lange du stehst, rede ich.“

„Du wolltest Ruhe. Mir is wurscht.“

„Wo is eigentlich die Ecke geblieben, um die ich rum wollte?“

Hä? Biste doch rumgefahren, oder?“

„Oh Mann, die Flocken lassen alles so anders aussehen.“

„Ha, Schizzo, du stehst immer noch.“

„Du stehst Kalle.“

„Dein Schlitten steht! Hallo! Blechkugel! Töff-Töff! Allealle!“

„Du hast ja Gehirnblähungen, Kalle, siehste nicht, dass die Häuser und Bäume an uns vorbeilaufen?“

„Hihi, der is gut. Wir stehen und die laufen vorbei. Hihi.“

„Was ist´n das da vorne?“

„Wo, was?“

Da, da bewegt sich doch was, oder?“

„Ich seh nix.“

„Da drüben, kommt direkt auf uns zu, glaub ich. Ne doch nicht, jetzt isses da rechts.“

„Ach, ich seh´s. Is´n Hase.“

„’N Hase? Wir sind doch nicht mehr im Wald, Kalle.“

„Macht nix, hier laufen oft Hasen rum. Da ist ja auch´n Baum.“

„Hmm, lange Ohren hatt er ja.“

„Sag ich doch, Schizzo, ist´n Hase. ’N Hase mit Mütze auf.“

„Mütze?“

„Sah so aus. Als opper die Ohren inner Mütze stecken hat. Is ja auch Winter, dem ist kalt, hihi.“

„Mensch, verschwinde Hase, der läuft ja Zickzack.“

„Das machen Hasen so. Aber der schlittert, als hätte er Schlittschuhe an. Hihi. Ein Hase der Schlittschuh läuft.“

„Auf´m Sandberg was?“

„Hä?“

„Vergiss es. Is aber ’n bisschen großer Hase. Mensch Hase, geh aus´m Weg.“

„Du musst aus´m Weg, Schizzo. Das´n Riesenhase.“

„Ich versuch´s ja! - Oh Mann! - Verdammt!“

„Was machst du Schizzo? Was war das für´n Rumms. Ey mir dreht sich alles.“

„Der Scheißhase is mir glaub ich reingelaufen.“

„Krassomat, da fliegt er. Schizzo, den haste abgelöffelt, der fliegt jetzt in Himmel!“

„Scheiße, wir fliegen auch gleich in Himmel!“

„Hör mal auf dich zu drehen, Schizzo.“

„Ich dreh mich nicht, ich fahr rückwärts.“

„Da hinten geht´s aber n´ Hügel hoch, da kippts uns um.“

„Verflucht!“

„Halt an, Schizzo, mir ist schlecht!“

„Versuch ich ja.“

„Schizzooooo!“

„Kalllllll ..."
„Aaaaahhhh, du fliegst auf den Turm!"
„Kllllll ..."
„Ich fliege Schizzo ..."
„... l ..."
„Schiso, wennu wüssest, was ich seh ..."
Dunkel war´s ...

***

„Bei einem Unfall auf der Hauptstraße sind am Samstag Abend drei Menschen auf tragische Weise ums Leben gekommen. Der 19-jährige Unfallfahrer und sein 18 Jahre alter Beifahrer gerieten bei leichtem Schneefall auf gerader Strecke ins Schlingern und fuhren dabei einen 8-jährigen Jungen frontal an. Das Kind wurde mehrere Meter weit durch die Luft geschleudert und war sofort tot. Der Beifahrer starb noch am Unfallort, der Fahrer auf dem Weg ins Krankenhaus. Beide standen laut Aussage der Polizei unter starkem Drogeneinfluss."

Was wirklich geschah

„Hallo, können Sie mich hören?“

Simone versuchte sich zu erinnern, wem diese Stimme gehören könnte, doch es gelang ihr nicht.

„Frau Kramer, haallooo.“

Die Stimme klang, als käme sie von irgendwo über ihr. Wenn da nur nicht dieses grelle Licht wäre.

„Versuchen Sie doch einmal, Ihre Augen ganz aufzumachen.“

Gut gesagt. Knips doch bitte mal einer diese grässliche Lampe aus. Aus Simones Mund purzelten ein paar unverständliche Töne, doch es dauerte eine Weile, bis sie begriff, dass sie es war, die dieses Kauderwelsch fabrizierte.

Als nächstes registrierte sie, dass sie eigentlich fürchterliche Kopfschmerzen hatte, während ihr übriger Körper, taub oder gefesselt war oder ... gar nicht mehr da?

Mit aller Kraft riss Simone die Augen auf, stöhnte und sank mit dem Kopf in ein Kissen zurück. Über sich gebeugt sah sie ein unbekanntes Gesicht, das zu einer jungen Frau mit weißem Kittel gehörte. Eine Lampe brannte nirgends, vielmehr war es taghell und durch das Fenster auf ihrer linken Seite schien die Sonne herein.

Simone blinzelte.

Die junge Frau lächelte. „Es fühlt sich schlimmer an, als es ist", sagte die Unbekannte, „Sie haben viel Glück gehabt."

Glück gehabt? Simone versuchte sich zu erinnern. Wieso Glück gehabt? Wobei Glück gehabt? Fragend schaute sie die junge Frau an.

„Sie sind hier in der Theresien-Klinik, auf der Unfall-Station. Sie hatten einen Autounfall. Erinnern Sie sich? Aber Sie haben viel Glück gehabt, Frau Kramer. Ich hole jetzt Dr. Ackermann."

Als die Krankenschwester das Zimmer verlassen hatte, versuchte Simone sich umzublicken. An der Wand rechts von ihr stand ein weiteres Bett. Es war leer, soweit sie erkennen konnte. Links an ihrem Bett war ein Auszieh-tischchen, auf dem ein Glas mit einer klaren Flüssigkeit stand. Beim Versuch das Glas zu ergreifen, schoss ihr ein stechender Schmerz durch die Schulter.

Und das nennt die Glück gehabt?, dachte sie, trank gierig ein paar Schlucke und sank erschöpft zurück auf das Kopfkissen.

„Na, prima, sie trinken ja schon", erklang eine sonore Stimme. Ein Arzt trat an ihr Bett. „Ich bin Dr. Acker-mann. Wie fühlen Sie sich?"

Sie versuchte es noch einmal mit Sprechen und diesmal klappte es schon besser: „Ich habe fürchterliche Kopfschmerzen und meinen rechten Arm kann ich nicht richtig bewegen und sonst ... benommen. Müde. Nicht gut", gurgelte sie hervor.

Der Doktor nickte. „Sie haben eine Gehirnerschütterung, ein paar harmlose Schnittwunden im Gesicht, aber am Kopf habe ich Sie nähen müssen, deshalb haben wir ein paar Ihrer schönen blonden Haare abrasiert. Also erschrecken Sie nicht, wenn Sie in den Spiegel schauen. Das wird alles wieder. Außerdem haben Sie sich eine Rippe gebrochen und das rechte Schlüsselbein. Der Bruch ist aber glatt und wird gut verheilen. Das war´s. Sie haben verdammt Glück gehabt, nach allem, was ich weiß."

Schon wieder dieses Glück gehabt! Sie schloss kurz die Augen, fühlte sich kein bisschen glücklich. Nein. Ganz und gar nicht. Ein ungeheuerer Druck lastete auf ihrem Brustkorb. Das konnte doch kaum die eine gebrochene Rippe sein, oder?

Sie blickte dem Arzt in die Augen. Verschwieg er etwas?

„Übrigens war die Polizei schon da und wollte wissen, wann sie mit Ihnen sprechen kann. Wie ist es? Kann ich sagen, Sie fühlten sich gut genug, um Fragen zu beantworten?" Dr. Ackermann schaute sie freundlich aber – so meinte sie jedenfalls – auch etwas distanziert an.

„Warum nicht", antwortete sie. „Viel kann ich sowieso nicht sagen. Ich habe fast keine Erinnerung. Das ging alles so schnell ..."

Dr. Ackermann nickte wieder und stand auf. „Also, dann weiterhin gute Besserung. Und gegen die Kopfschmerzen lasse ich Ihnen Tabletten bringen."

Der Arzt verließ das Krankenzimmer und ließ Simone mit ihren hin- und herirrenden Gedanken allein.

Ein Autounfall?

Ja natürlich, sie hatte doch Gudrun in der Stadt treffen wollen und plötzlich war alles ganz dunkel gewesen. So furchtbar dunkel ...

Eine Schwester brachte die Tabletten und bald darauf schlief Simone ein.

„Frau Kramer? Sind Sie wach?" Die Schwester stand vor ihrem Bett. „Hier sind zwei Beamte, die Sie sprechen möchten."

Simone blickte sich verschlafen um.

Ach ja, das waren wohl die Polizeibeamten, die den Autounfall aufnehmen wollten. Na gut. Das konnte ja nicht lange dauern, schließlich wusste sie gar nichts mehr.

„Frau Kramer, ich bin Kriminalhauptkommissar Jäger und das ist mein Kollege Weissenborn. Wir möchten Ihnen ein paar Fragen stellen."

Sie nickte.

„Können Sie sich noch an die Ereignisse vor dem Unfall erinnern?" Kommissar Jäger hatte sich auf den Stuhl neben dem Bett gesetzt, während sein Kollege im Hintergrund stehen blieb.

„Es ging alles so schnell“, begann Simone. „Ich habe keine Ahnung, was eigentlich passiert ist. Die Straße war so unglaublich dunkel und dann – ja dann hat´s geknallt. Ein lauter Knall und … und … dann weiß ich nichts mehr.“

Der Kommissar sah sie prüfend an. „Ihnen ist ein Reifen geplatzt. Das war wohl der Knall, den Sie gehört haben. Ihr Wagen ist ins Schlingern geraten, Sie haben sich an einem Metalltor den rechten hinteren Kotflügel aufgerissen und sind dann auf der linken Seite gegen einen Baum geprallt. Sie sind ganz offensichtlich ziemlich schnell gefahren. Hatten sie es eilig?“

Eilig? Ja sie war eilig gewesen. Sie erinnerte sich. Sehr eilig sogar. Laut sagte sie: „Ich war mit meiner Freundin in der Stadt verabredet und war viel zu spät dran. Und sie mag es gar nicht, wenn man sie warten lässt. Da wird sie ganz unleidlich … Kann sein, dass ich ein bisschen zu schnell war. Aber … aber sooo schnell war ich bestimmt nicht und …“

Sie unterbrach sich und schaute den Kommissar an, als sähe sie ihn erst jetzt. Denn soeben hatte sie begriffe, wen sie da vor sich hatte. „Wieso … wieso kommt da die Kriminalpolizei?“

Herr Jäger sah sie erst wieder lange prüfend an, bevor er weitersprach. „Sie haben eine Absperrung überfahren“, sagte er schließlich bedächtig. „Die Straße war komplett abgesperrt. Noch ein bisschen weiter und Sie wären in die Baustelle hineingerast. Das wäre dann wohl noch anders ausgegnagen für Sie. Wie kommt es, dass Sie die Absperrung ignoriert haben?"

„Absperrung?" Simone suchte in ihrem Gedächtnis verzweifelt nach einer Absperrung. „Nein, davon weiß ich nichts. Eine Absperrung habe ich nicht bemerkt. Da war keine. Bestimmt nicht. Warum hätte ich die übersehen sollen? Ich wollte doch zu Gudrun in die Stadt ..."

Doch noch während sie redete, flackerte für einen Moment das Bild eines weiß-roten Musters durch ihren Kopf, ein Muster, das Sie irgendwann während der Fahrt verschwommen aufgenommen hatte, ohne sich darum zu kümmern, was es bedeuten sollte.

Eine Absperrung. Deshalb war die Straße so leer und dunkel gewesen.

„Kann es sein, dass Sie durch irgendetwas sehr abgelenkt gewesen waren?", holte sie die Stimme des Kommissars in die Gegenwart zurück.

Abgelenkt? Worauf wollte er hinaus? In ihrem Kopf schrillten heftige Alarmglocken. Irgendetwas stimmte nicht. Und wegen einer überfahrenen Absperrung schickten die doch bestimmt auch keinen Kriminaler.

„Ich weiß nicht, was Sie meinen", sagte sie. „Ich hatte es eilig, weil ich mich verspätet hatte, und tja, an eine Absperrung kann ich mich echt nicht erinnern. Kann sein, dass ich einen Moment abgelenkt war. Ich weiß nicht. Ja, ich glaube, ich wollte mir eine Zigarette anzünden. Vielleicht war es das?"

„Eine Zigarette meinen Sie?", brummte Herr Jäger. „So, so. Ja, vielleicht." Er zog die Augenbrauen hoch und blickte ihr scharf in die Augen. „Aber vielleicht könnten es ja auch die Ereignisse bei Ihnen zu Hause gewesen sein? Wäre das nicht eine Möglichkeit?"

Seine Stimme schien bei den letzten Worten eine Spur lauter geworden zu sein.

Simone zuckte unmerklich zusammen.

Die Ereignisse zu Hause!

Es war als hätte der Kommissar mit seinen Worten einen Nebelvorhang in ihrem Kopf beiseite geschoben. Scharf und deutlich sah sie sich plötzlich wieder am Treppenaufgang zu den Schlafräumen stehen und fassungslos ihren Mann anstarren, der einmal mehr einen seiner *Anfälle* hatte.

Was konnte der Kommissar davon wissen?

„Wie meinen Sie das?", fragte sie und fand, dass ihre Stimme ein klein wenig zu schrill klang. Sie räusperte sich, fasste sich an den Kopf – ihre Kopfschmerzen waren durch die Tabletten fast vollkommen verschwunden – und stöhnte.

„Sie hatten Streit mit Ihrem Mann. Ist das richtig?"

Das klang mehr wie eine Feststellung, denn wie eine Frage. Ihre Gedanken rasten. Unter der Bettdecke verkrampften sich ihre Finger ineinander. Warum sagte dieser Mensch nicht einfach, was er wusste oder was er wollte? „Machen Sie es doch nicht so spannend. Woher wollen Sie denn wissen, ob ich mich mit meinem Mann gestritten habe? Und wenn schon, was geht Sie das denn an? Und warum ist das so wichtig für den Unfall? Wegen eines kleinen Streits mit meinem Mann bin ich doch nicht abgelenkt. Was denken Sie,, wie oft wir uns kabbeln." Jetzt war sie laut geworden. Sehr laut.

„Ihr Mann ist tot", sagte Herr Jäger leise.

Simone schloss die Augen und atmete hörbar aus.

„Frau Kramer? Haben Sie mich verstanden? Ich sagte: Ihr Mann ist tot."

Aus dem Hintergrund war Herr Weissenborn nun näher an das Bett herangetreten und beide beobachteten sie, als sie gerade ihre Augen wieder aufschlug.

„Tot?", hauchte sie und horchte in sich hinein. Björn war tot?

Wie fühlte sich dieser Satz an?

Sie versuchte sich etwas mehr auf die Seite zu drehen und schrie laut auf. Sie hatte ihr gebrochenes Schlüsselbein vergessen. Der Schmerz trieb ihr die Tränen in die Augen.

„Darüber wollten wir gerne etwas von Ihnen hören", sagte Kommissar Jäger, faltete die Hände in seinem Schoß und klopfte die Daumen gegeneinander.

„Sie denken, ich wüsste, warum mein Mann tot ist? Wie kommen Sie darauf? Ich war mit dem Auto unterwegs. Ich hatte einen Unfall. Ich liege hier und habe ihn nicht mehr gesehen."

„Aber bevor Sie das Haus verließen, hatten Sie Streit mit ihm. Heftigen Streit. Sehr lauten Streit. Keine kleine

Kabbelei. Und als Sie dann fortgingen, war er vermutlich schon tot oder er lag im Sterben. So sieht es aus. Und deshalb würden wir von Ihnen gerne ein bisschen mehr erfahren über das, was sich da in Ihrem Haus abgespielt hat.“

„Aber ... aber ... wie ... woher wollen Sie denn das so genau wissen? Ich meine, dass wir Streit hatten, dass er angeblich schon tot war, als ich das Haus verließ? Sie waren doch nicht dabei.“

Simone spürte ihr Herz bis zum Halse jagen. Sie sah Björn vor sich, wie er ihr wieder einmal vorwarf, sie hätte ihn nur des Geldes wegen geheiratet. Wie er tobte und behauptete, sie würde ihm ja nur den Tod wünschen, damit sie endlich alles erben könne, das Haus, die Gartenanlage, die Firma, das Geld und und und ... Sie hatte es satt. So, so satt. Und bestimmt hätte sie sich schon längst scheiden lassen, wenn Sie nicht wirklich an dem Haus gehangen hätte, der Gartenanlage und den übrigen Annehmlichkeiten, auf die sie bei einer Scheidung hätte verzichten müssen. So stand es im Ehevertrag.

„Wir haben eine Zeugin!“ Kommissar Jäger hörte auf mit seinen Daumen zu klopfen und beugte sich ein Stückchen weiter vor, so als wolle er auf gar keinen Fall verpassen, wie sie auf diese Nachricht reagierte.

Tatsächlich war sie überrumpelt. Eine Zeugin? Aber das war unmöglich. Sie waren allein gewesen. Martha hatte an diesem Abend Ausgang. Siegfried der Gärtner, der sonst noch auf dem Anwesen wohnte, war für drei Tage zu seinem Bruder gefahren, da dieser goldene Hochzeit feierte. Und das nächste Nachbarhaus war viel zu weit weg. „Das glaub ich Ihnen nicht. Sie blöffen", fuhr es ihr heraus.

„Frau Kramer, so kommen wir nicht weiter. Wir haben eine glaubwürdige Zeugin, dass Sie und Ihr Mann sich heftigst gestritten haben. Ganze Sätze hat die Zeugin verstanden, weil das Fenster offen stand. Und die Zeugin hat auch gesehen, wie sie das Haus verlassen haben. Und nun lassen Sie mich Ihnen nicht erklären, wie genau wir nach so rascher Auffindezeit in der Lage sind, bei einem Toten den Todeszeitpunkt zu bestimmen."

Das musste Frieda gewesen sein. Das konnte überhaupt nur Frieda gewesen sein. Diese neugierige alte Mutter ihrer Nachbarin Renatea Frieda war früher schon ein paarmal auf ihrem Grundstück herumgelungert und sie hatte sie energisch weggescheucht. Nach einem ernsten Gespräch mit Renata, die meinte, ihre Mutter meine das nicht bös, hatte sich das allerdings gebessert. Und vor ein paar Monaten hatte Renata ihr erzählt, ihre Mutter sei nun in einem schönen Altenheim.

Frieda also. War sie zu Besuch da gewesen? Hatte Renata sie womöglich wieder zurückgeholt?

Aber war Frieda wirklich eine so glaubwürdige Zeugin, wie der Kommissar behauptete?

„Also wollen Sie uns jetzt nicht einfach erzählen, was in Ihrem Haus passiert ist, ehe Sie so überstürzt wegfuhren, eine Absperrung übersehen haben und mit überhöhter

Geschwindigkeit fast in eine Baustelle gerast wären, wenn Sie der geplatzte Reifen nicht gestoppt hätte?" Herr Jäger war nun sichtlich ungeduldig geworden.

„Worauf wollen sie eigentlich hinaus" piepste sie. „Bin ich hier angeklagt? Dann will ich sofort meinen Anwalt sprechen."

„Wir möchten Sie zunächst als Zeugin vernehmen. Aber bitte, wenn Sie meinen, Sie könnten sich selbst beschuldigen ..."

„Was, wie? Ich sollte mich selbst beschuldigen?" Ihre Stimme überschlug sich fast. Sie schluckte und versuchte sich zu sammeln. „Als ich das Haus verließ, war Björn, also mein Mann, da war er noch lebendig. Quicklebendig."

Vor ihrem geistigen Auge sah sie, wie Björn plötzlich auf sie zuschoss und sie an den Schultern packte. Und schrie. Speicheltropfen flogen ihr dabei ins Gesicht. „Aber du wirst nichts bekommen", hatte er ihr ins Gesicht gespuckt. „Rein gar nichts. Dafür werde ich schon sorgen! Glaube mir. Dafür sorge ich. Und ich weiß auch schon wie!"

In diesem Moment hatte sie ihn gehasst. So gehasst, wie sie noch nie in ihrem Leben einen Menschen gehasst hatte. Gehasst und gefürchtet.

„Sie sagen also, er war noch am Leben, als Sie gingen. Komisch, dass Sie dann so gar nicht interessiert, wie er eigentlich zu Tode gekommen ist."

„Das ist ja nur, weil Sie mich ganz durcheinander bringen. Mit den vielen Fragen, Ihrer Art sie zu stellen – Und? Wie ist er ...?“

„Er ist die Treppe hinunter gestürzt. Meinen Sie, dieser Unfall hat sich ereignet, kurz nachdem Sie aus dem Hause gerannt sind?“

„Das muss es ja wohl.“ Simone spürte wieder Björns Hände an ihren Schultern. Nur mit Gewalt hatte sie sich aus diesem festen Griff befreien können. Fast hatte sie gedacht, er wolle sie umbringen. Da war so ein Leuchten in seinen Augen gewesen. Und dann seine Drohung ...

Sie schüttelte sich, so eiskalt lief ihr die Erinnerung durch den Körper und im gleichen Augenblick fuhr ihr wieder der Schmerz durch die Schulter. Sie stöhnte und biss die Zähne zusammen. „Gehen sie bitte“, presste sie hervor. „Bitte gehen Sie jetzt.“

„Wir kommen wieder, Frau Kramer. Ihre Geschichte klingt nicht sehr glaubwürdig. So wie ihr Mann gefallen ist ... Da scheint doch jemand nachgeholfen zu haben. Vielleicht versehentlich Vielleicht aber auch mit Absicht? Wahrscheinlich ist es doch besser, Sie lassen Ihren Anwalt kommen. Beim nächsten Mal werden wir Sie wohl als Beschuldigte vernehmen. Auf Wiedersehen.“

Simone starrte an die Decke. Sie fühlte sich hilflos und verlassen. Dieser verflixte Ehevertrag. Dieser dumme Autounfall. Diese vermaledeite Frieda. Und dieser dieser ... nein, für Björn fiel ihr kein passendes Wort ein, das ausdrückte, was sie für ihn empfand. Und nun sollte er womöglich doch noch Recht bekommen und sie alles verlieren?

Am nächsten Tag überschlugen sich die Ereignisse. In Björns Schreibtisch war ein Tagebuch gefunden worden, in dem er immer wieder Andeutungen machte, dass Simone ihm nach dem Leben trachtete und nur nach einer geeigneten Methode suche, es wie einen Unfall aussehen zu lassen. Am Tage des Streits hatte er sie, dem Tagebuch zu Folge, um die Scheidung bitten wollen. Daneben war der Ehevertrag gelegen. Nun ging es nicht mehr nur um mögliche unterlassene Hilfeleistung oder Totschlag. Nun ging es um Mord.

Herr Bodewig, Simones Anwalt, saß an ihrem Bett und versuchte sie zu beruhigen. Er würde das schon in Ordnung bringen, meinte er. Er wisse ja, was für ein Hypochonder Björn gewesen sei. Und die sogenannte glaubwürdige Zeugin wollte er sich auch mal genauer anschauen. Er tätschelte ihre Hand und sagte, es sei schließlich noch nicht aller Tage Abend.

Simone telefonierte mit Gudrun und heulte. Sie würde alles verlieren. Das Haus, den geliebten Garten, das Geld, ihre Freiheit, alles alles alles. Eigentlich wolle sie gar nicht mehr leben.

Gudrun rief daraufhin sofort Dr. Ackermann an: „Meine Freundin tut sich was an, helfen Sie ihr", schrie sie und Dr. Ackermann gab Simone eine Beruhigungsspritze.

Bodewig war nicht untätig gewesen. Die Zeugin war tatsächlich Frieda, aber sie hatte schon oft solchen Streitereien gelauscht. Sie liebte diese Streitereien, besonders, wenn es dabei um Mord und Todschlag ging. Das sei besser als Fernsehen, behauptete sie. Aber wann nun genau wer was zu wem gesagt hatte, war nun doch nicht mehr so klar.

Björns Arzt bestätigte, dass der Patient ein sehr labiler Mensch mit wilden Fantasien sei und er deswegen schon mehr als einmal in psychologischer Behandlung gewesen war.

Der Psychologe traute Björn im Affekt sowohl Mord als auch Selbstmord zu.

Und schließlich wurde festgestellt, dass an Simones geplatztem Reifen manipuliert worden war.

Er hatte platzen müssen!

Jemand hatte ihren Unfall geplant!

Björn?!

War alles ganz anders und Björn ein Mörder?

Der Mordverdacht gegen Simone verlor durch diese neuen Erkenntnisse immer mehr an Substanz und schließlich konnte ihr nicht einmal mehr unterlassene Hilfeleistung vorgeworfen werden, denn sie blieb bei ihrer Version: Björn sei noch am Leben gewesen, als sie das Haus verließ. Ihre starke Erregung sei einzig und allein auf den heftigen und hässlichen Streit zurückzuführen gewesen.

Als sie aus dem Krankenhaus entlassen wurde und zum ersten Mal das Anwesen als alleinige Herrin betrat, fiel endlich auch all die Last von ihr. Der Druck auf ihrer Brust löste sich, so dass sie unbeschwert den frischen Mai-Duft einatmen, ihre Lungen damit vollsaugen konnte.

Herrlich!

Einen Moment lang schloss sie die Augen und versuchte das Bild zu verbannen, das sich ungebeten aus einer finsteren Ecke an die Oberfläche zwängen wollte.

Nein!

Sie öffnet ihre Augen, ließ die Blicke über die sonnenüberfluteten Frühlingsblumen streifen. Versuchte mit diesem heiteren Bild das andere zu verdrängen. Das des strauchelnden Björns.

Entsetzt und ungläubig hatte er nach ihrem Stoß im Fallen die Hände nach ihr ausgestreckt.

Beim Verlassen des Hauses hatte sie über ihn drüber steigen müssen.

„Hlfmr", hatte er geröchelt.

Nein, sie hatte nicht gelogen. Als sie ging, hatte er noch gelebt.

Und auch die anderen hatten recht gehabt: Sie hatte Glück gehabt.

Verdammtes Glück sogar.

Miriam

Donnerstag!

Wieder einmal war es Donnerstag.

Miriam saß auf der Bettkante und knabberte an ihren Fingernägeln. So wie jeden Donnerstag.

Donnerstag war Fingernagelknabbertag.

Beim Zähneputzen vermied sie es, in den Spiegel zu schauen. Das war allerdings auch nicht sehr schwer. Sie stieg einfach nicht auf den kleinen Hocker, der sie größer werden ließ, und ihr überhaupt erst ermöglichte, sich im Spiegel zu sehen. Mit den Fuß schob sie den Hocker, zur Seite, so bildete sich im Spiegel die gegenüberliegende Wand und der obere Teil der blankgeputzten Dusche mit den blauen Kachelmuster ab.

So wie jeden Donnerstag.

Wer Donnerstags in den Spiegel schaute, lief Gefahr eine Fratze zu sehen. Und diese Fratze würde dann womöglich immer das Gesicht entstellen.

Wenn sie aber neben dem Hocker stand und in den Spiegel sah, war es beinahe so, als wäre sie gar nicht da.

Leider nur beinahe.

Beim Frühstück aß sie nur ein paar Bissen.

Donnerstags war sie nicht besonders hungrig. An diesem Tag war der Magen schon nach dem Aufwachen übervoll. Angefüllt mit grässlichen Gedanken und Gefühlen.

„Du, Miriam, wegen heute Abend ...“

„Ja?“, rief sie und blickte erwartungsvoll in das geschminkte Gesicht ihrer Mutter. Würde Mama heute Abend etwa nicht fortgehen? Konnte Onkel Ferdinand vielleicht heute nicht kommen und musste Mama deshalb zu Hause bleiben?

Onkel Ferdinand war Mamas Lieblingsbruder. Sie hatte noch zwei Brüder, aber die mochte sie weniger und deshalb kamen die auch nur selten zu Besuch.

Onkel Ferdinand aber wohnte „praktischerweise“ wie Mama sagte, ganz in ihrer Nähe und kam häufig zu Besuch. Fast immer brachte er ihr bei seinen Besuchen etwas mit:. Kleine, nett anzusehende, unnütze Geschenke.

Mama sagte dann gerne: „Ach Ferdinand, mein Guter, das war doch nicht nötig! Du verwöhnst die Kleine viel zu sehr!“

Gleichzeitig nahm sie ihm das kleine Päckchen aus der Hand als hätte sie Angst, er könne es sich tatsächlich noch anders überlegen. Hastig packte sie dann selbst das Geschenk aus und übergab es - mit Stoßseufzer Richtung Miriam und sehnsüchtigem Blick auf das Geschenk - an ihre Tochter weiter.

Miriam überließ diese, in ihren Augen langweiligen, Mitbringsel meist nur zu gern ihrer Mutter – aber natürlich erst, wenn Onkel Ferdinand nicht mehr da war.

Der Onkel antwortete auf Mamas Einwand jedes Mal: „Du weißt doch, für meine *Süße* ist mir nichts zu viel.“ Und mit einem „Gell? kniff er „seiner Süßen“ in die Wange, oder sonst wohin, und zwinkerte ihr verschwörerisch zu.

Wenn sie mal zaghaft andeutete, dass ihr das nicht gefiel, fuhr Mama ihr ganz schnell über den Mund. So ein lieber Onkel, so NETT sei er immer zu ihr und sie, Miriam, sei einfach undankbar. Andere Kinder würden sich freuen, bla ‚bla, ...

Mama war sehr froh, dass Onkel Ferdinand ihre Tochter so gern hatte und sich nicht wie Sofia weigerte, Kindermädchen zu spielen. Ganz im Gegenteil, Onkel Ferdinand beschäftigte sich sogar gerne auch allein mit der 9-Jährigen.

Und donnerstags spielte er deshalb regelmäßig den Babysitter, denn donnerstags ging Mama zu ihrem Damenabend –was immer das war – und Sofia, die Haushälterin, hatte donnerstags ihren freien Abend. Außerdem war sie ja nicht als Kindermädchen eingestellt worden.

„Heute Abend muss ich früher gehen“, sagte Mama. „Wir haben eine kleine Feier, Emilie hat ihr 25-jähriges Jubiläum ... Naja, das ist unwichtig für dich. Jedenfalls kommt Onkel Ferdinand deshalb früher. Hat er versprochen.“

Der hoffnungsvolle Gedanke flog leicht wie ein Schmetterling zum Fenster hinaus und ließ eine zusammengesunkene Miriam auf dem Stuhl zurück.

„Du bist wirklich unfair!", rief Mama. „Man könnte meinen, ich hätte dir eine Strafe angedroht! Was soll die Schnute? Gönnst du mir etwa den Abend mit meinen Freundinnen nicht?"

„Ich mag ihn halt nicht."

„MIRIAM! Was fällt dir ein! Sag das bloß nicht zu Onkel Ferdinand. Der wäre wirklich sehr traurig und enttäuscht. Das ist undankbar. Wo er dich doch so gern hat und so viel Mühe mit dir gibt."

„Ich will nicht, dass er mich gern hat."

„Jetzt sei nicht unverschämt! Schluss damit. Ich will nichts mehr davon hören. Und untersteh dich und sei *nicht nett* zu Onkel Ferdinand. Wehe, wenn mir Klagen kommen. Papa hat recht, du bist wirklich komisch in der letzten Zeit."

Papa.

Papa kam immer nur am Wochenende. Werktags war er ständig unterwegs: München, Berlin, Paris oder sogar Amerika. Papa war ein wichtiger Mann und musste dauernd anderen Leuten sagen, was sie arbeiten sollten und wie, sonst machten sie alles falsch. Und das war für Papa dann sehr ärgerlich.

Wenn er nach Hause kam, gab er Mama und Miriam ein Küsschen auf die Wange, goss sich im Salon einen Cognak ein und erzählte von seinen Reisen und Geschäften. Miriam verstand das meiste davon nicht, aber sie blieb sitzen und hörte zu, weil sie in Papas Nähe sein wollte. Mama setzte ihr „Ach-wie-interessant"-Gesicht auf, nickte und trank ebenfalls einen Cognak.

In letzter Zeit aber war Miriam den Küsschen von Papa immer häufiger ausgewichen. Sie mochte sie nicht mehr. Und als er sie letztes Wochenende, ganz gegen seine Gewohnheit, in den Arm nehmen wollte, war sie schnell in die andere Ecke des Zimmers gelaufen, so erschrocken war sie.

Darauf hatte Papa zu Mama gesagt: „Lisa, deine Tochter wird immer seltsamer."

Dann war er mit kräftig ausholenden Schritten in sein Arbeitszimmer gegangen und Mama hatte Miriam böse angefunkelt und sie ins Kinderzimmer geschickt. Dort musste sie dann sogar alleine essen. Böse Kinder durften nicht am Erwachsenentisch essen.

An dem Wochenende hatte Papa kaum mehr mit ihr geredet und als er wieder fortgefahren war, wusste sie nicht, ob sie traurig oder froh sein sollte.

Donnerstag.
In der Schule wurde Miriam von Frau Vogel ständig ermahnt. Wie jeden Donnerstag. Denn donnerstags konnte sie sich besonders schlecht auf rechnen, schreiben und Heimatkunde konzentrieren. Donnerstags betete sie. Bitte, bitte, lieber Gott, hilf mir. Lass IHN nicht mehr kom-

men. Nie mehr. Oder wenigstens heute nicht. Oder wenigstens so spät, dass Mama nicht mehr fort gehen kann. Wenigstens dieses eine Mal.

Es gibt keinen Gott, hatte Papa gesagt. Und Miriam war längst bereit, ihm das zu glauben, auch wenn die Lehrerin etwas anderes behauptete. Denn gäbe es ihn, dann gäbe es bestimmt keine Donnerstage. Dabei würde sie doch so dringend einen Gott brauchen.

Ohne große Hoffnung betete sie weiter. Für alle Fälle. Aufhören konnte sie sowieso nicht. Denn Aufhören fühlte sich an wie *aufgeben* und für *immer verlieren*.

Die Zeit kroch langsam aber unerbittlich auf den Schulschluss zu. Danach kam der Nachmittag, dann der Abend.

Dieser gefürchtete und widerliche Abend ...

Nur nicht dran denken.

Das Ticken der Klassenzimmeruhr dröhnte in ihren Ohren. Man müsste die Zeit anhalten können. Oder noch besser vorstellen, ganz weit vorstellen, bis Freitag. Donnerstage einfach überspringen. Wenigstens einmal. Einmal ein kleines Wunder.

Miriam versuchte es mit ihrem geheimen Verstecktrick.

Der Verstecktrick, war ein Trick, den sie ganz von allein entdeckt hatte und den außer ihr niemand kannte, nicht einmal bemerkte.

Der Trick war, sich einfach in sich selbst zu versteckten.

Dazu teilte sie sich auf in eine denkende und fühlende Miriam und eine „Körper-Miriam." Der denkende und fühlende Teil machte sich dann so klein, das er hinter das linke Auge des Körper-Teils passte. Von dort aus beobachtete die Mini-Miriam ihre Umwelt dann fast wie durch ein Fenster. Und auch das ganze Fühlen fand nur noch hinter dem linken Auge statt. Der Rest des Körpers war leer und spürte nichts mehr. Nichts und niemanden. Auch keinen Donnerstag, erst recht keinen Donnerstag Abend.

Vor allem nicht IHN!

Allerdings musste man sich sehr darauf konzentrieren und es dauert ein Weile, bis sie es perfekt im Griff hatte. Doch wenn sie bereits in der Schule anfing, sich zu verstecken, konnte sie bis zum Abend ganz, ganz winzig sein. Fast wie nicht mehr da.

Wenn nur die Frau Vogel sie nicht immer so dabei stören würde.

Nach dem Mittagessen kam Mamas Freundin Carola – zu der Miriam immer *Tante* Carola sagen sollte, obwohl sie gar nicht ihre Tante war – zu Besuch.

„Ach wie entzückend deine kleine Tochter wieder aussieht", säuselte sie zwischen dunkelrot beschmierten Lippen hervor und drückte Sofia einen Strauß Blumen in die Hand. „Stellen Sie die bitte ins Wasser. Das sind die Blumen für Emilie. Ich kann heute Abend leider nicht kommen, Lisa. Nimmst du die Blumen bitte mit? Ich muss jetzt auch gleich wieder gehen."

„Aber eine Tasse Kaffee trinkst du wenigstens noch. Sofia, bringen Sie bitte ein Gedeck für meine Freundin."

Carola setzte sich an den Tisch. „Also wirklich, Lisa. Deine Tochter sieht wieder ganz reizend aus. Und diese wundervollen blonden Locken. Herrlich." Die letzten Worte hatte sie mehr geseufzt als gesprochen und sich dabei an die eigenen Haare gefasst, wie um sich zu versichern, dass sie noch da wären. „Wie eine Barbie-Puppe!"

Miriam verschluckte sich an dem Saft, den sie gerade trinken wollte, hustete und schluckte nochmals.

Barbie-Puppe!

Carola hatte doch tatsächlich dieses schreckliche Wort ausgesprochen.

Sie dachte an Onkel Ferdinand und spürte wie ihr das Wort Barbie-Puppe ganz langsam die Kehle hinunterglitt und in ihrem Magen Platz nahm. Der wollte mit diesem Wort jedoch nichts zu tun haben und schubste es mit einem kräftigen Ruck den Weg zurück. Mit dem Wort kam das ganze Mittagessen mit: Feinstes Filetsteak vom Metzger Strauß – dem teuersten im Ort – gut abgehangen und englisch gebraten. Dazu körniger Rundreis und in Butter geschwenktes Mischgemüse. Und nicht zu vergessen der Nachtisch: Schokoladenpudding in Vanillesoße. All diese guten Dinge ergossen sich nun in einem Schwall und etwas weniger appetitlicher Form über die weiße Tischtuchdecke aus mercerisierter Baumwolle – Geschenk von *Tante* Carola – und tropfte von dort auf den „Garantiert-eine-Million-Knoten"-Rabat-Teppich. Ein paar versprengte Erbsen zierten Carolas tiefgeschnittenen Ausschnitt und schickten sich an, nach unten zu rutschen.

Ein durchdringender, spitzer Schrei aus dem rotbeschmierten Mund zerschnitt jäh die kurzfristig eingetretene lähmende Stille und Carola versuchte sich in einen Ohnmachtsanfall, der sie aber doch nicht allzu ungeschickt vom Stuhl fallen ließ.

Mama eilte herbei, und Carola, die gewartet hatte bis Mama an ihrer Seite stand, konnte günstig in deren Arme sinken. Tausend Entschuldigungsworte murmelnd schob Mama ihre Freundin ins Bad. Dabei rief sie nach Sofia, damit diese schnell die *Bescherung* samt Kind, dem es offensichtlich sehr schlecht ging – *wie üblich am Donnerstag, das sieht schon nach böser Absicht aus, vielleicht damit Mama nicht fortgehe abends, aber nun erst recht, bla, bla, ... -* entferne.

Miriam lag auf ihrem Bett, hielt die Augen geschlossen und lauschte in sich hinein. Ihr Magen war immer noch wütend, dass er dieses Wort hatte schlucken müssen.

Und heute Abend würde ER sicher ebenfalls wieder dieses schreckliche Wort benutzen. „Meine ...“, pflegte er zu sagen. Und bestimmt würde dabei wieder dieses Leuchten in seine Augen treten, als hätte er tagelang gehungert und bekäme nun ein ganzes Menü serviert.

Sie atmete tief und heftig.

Am besten sie atmete alle Gedanken an das Wort, an IHN und den Abend aus sich heraus. Alles wegatmen.

Nichts mehr denken.

Wieder ganz klein werden.

Sich verstecken.

Sie riss erschreckt die Augen auf. Die Zeit würde nicht reichen. Heute Abend kam Onkel Ferdinand früher. Ihr Körper verspannte sich zu einem einzigen großen Nein. Ihr Magen versuchte ihr sogleich zu Hilfe zu eilen und alles Hässliche einfach aus ihrem Körper herauszuschleudern. Sie schaffte es gerade noch zur Toilette.

Als sie zurück in ihr Zimmer schlich, fiel ihr Blick auf den Sekretär von Großvater Friedrich.

„An diesem Sekretär hat dein Großvater schon seine Hausaufgaben gemacht, dann dein Vater und jetzt wirst du daran sitzen. Ich hoffe du weißt das zu würdigen", hatte Mama gesagt, als sie ihn gegen Miriams heftigen Protest in ihrem Zimmer aufstellte. Zuvor hatte sie gehört – bessere heimlich erlauscht – wie Mama zu Papa gesagt hatte, ob sie diesen alten Sekretär nicht endlich mal entsorgen könnten. Doch Papa hatte gesagt, dass er sich bestimmt niemals von diesem Erinnerungsstück trennen würde. Und Mama hatte geantwortet, dass er aber auf gar keinen Fall mehr im Salon stehen dürfe. Man würde sich ja schämen müssen.

Auf dem Sekretär stand ein altes Tintenfass. Bestimmt auch von Großvater Friedrich – zu schade zum Wegwerfen und zu peinlich für den Salon – und daneben ...

Daneben lag ein langer silberner Brieföffner.

Eines der vielen Geschenke von Onkel Ferdinand. Und eines der wenigen, die sie behalten hatte, und das obwohl Mama sie und den Brieföffner noch tagelang beseufzt hatte. Bestimmt war er sehr wertvoll. Eigentlich sah er mehr wie ein Dolch aus und nicht wie ein Brieföffner.

Ein Dolch!

Jäh wie ein Blitz durchzuckte sie ein Gedanke.

Aus dem Gedanken erwuchs langsam eine Idee.

Aus der Idee schließlich ein Plan.

Mama rannte halb angezogen durch die Wohnung und scheuchte Sofia dabei von einer Ecke in die andere. Es sah aus wie ein Spiel, das, nach Mamas Gesichtsausdruck, 'Beiß die Haushälterin' hätte heißen können.

„Wo bleibt denn nur Ferdinand?" rief sie zwischendurch. „Verflixt noch mal, ausgerechnet heute, wo es sooo wichtig ist, kommt er noch zu spät. – Ach herrje, wo sind denn nun die Blumen Sofia? Die darf ich auf keinen Fall vergessen. – Wo nur Ferdinand steckt? Er könnte doch wenigstens anrufen. Sofia, sie dürfen auf keinen Fall gehen, bevor mein Bruder gekommen ist."

Miriam stand in der Tür von ihrem Zimmer und schaute zu.

Zumindest äußerlich war es Miriam. Innen drin fühlte sie sich ganz fremd an. Innen war kaum noch etwas von dem kleinen Mädchen, das sie mal war, vorhanden.

Tief innen drin war sie einfach nur ein Gedanke.

Eine Idee.

Ein Plan.

Und der ganze Körper war programmiert auf ein einziges Ziel: Plan durchführen!.

„Was stehst du da so steif herum als hättest du einen Stock verschluckt?" Ihre Mutter schaute sie gar nicht richtig an, während sie vorbeihuschte. „Geh lieber und zieh dir deinen Schlafanzug an, du weißt doch, dass Onkel Ferdinand möchte, dass du schon *bettfertig* bist, wenn er kommt."

— — —

„Wie guckst *du* denn?" Jetzt blieb Mama vor ihr stehen. „Man könnte meinen, du hättest den Leibhaftigen persönlich gesehen."

Der Leibhaftige? War das nicht der Teufel?

Tatsächlich. Mama wusste gar nicht, wie nah sie der Wahrheit gekommen war.

Hier stand nicht ihre Tochter, hier stand der Leibhaftige! Wartete in der Tür eines verlorenen Kinderzimmers, um noch heute einen Verdammten in die Hölle zu holen.

„He, Miriam, ich rede mit dir. – Verflucht noch mal wo bleibt nur Ferdinand? Das ist doch sonst nicht seine Art." Mit dem linken Fuß angelte Mama nach ihren neuen, hochhackigen Pomps, mit den Händen fingerte sie an ihrem Handy herum. Hielt es ans Ohr, fluchte, fingerte wieder darauf herum, warf es schließlich auf die Kommode – echt Jugendstil – und humpelte mit nur einem Schuh am Fuß zur Telefonanlage.

Da stand sie nun in langem hochgeschlitzten Rock und halboffener Seidenbluse, den Hörer in der linken Hand, mit den Fingern der rechten heftig an die Wand trommelnd, als der Türgong ertönte.

„Na Gott sei Dank", rief sie, obwohl sie doch genauso wenig an Gott glaubte wie Papa.

Sie verdrehte die Augen Richtung Zimmerdecke, warf den Hörer auf die Station und erreichte noch vor Sofia – die eh immer ein bisschen langsam war – die Eingangstür. Dabei wäre sie beinahe noch gestolpert, denn ein verirrter kleiner rosa Ballettschuh hatte sich gehässigerweise direkt über die Spitze ihres Pomps gelegt.

Mama fluchte leise und öffnete, halb nach vorne gebeugt, mit der einen Hand die Tür, während die andere Hand die sich weit öffnende Bluse ein wenig zusammenraffte. Mit einem Ruck kickte sie den Ballettschuh von ihren Pomps und richtete sich kerzengerade auf.

Vor der Tür stand *nicht* Onkel Ferdinand.

„Frau von Hagen?", fragte einer der beiden Beamten.

„Ja, bitte...?" Mama fasste sich etwas fahrig ins Haar und versuchte gleichzeitig einen der Blusenknöpfe zu schließen ohne die Polizisten, die mittlerweile ihre Mützen abgenommen hatten, aus den Augen zu lassen.

„Haben sie einen Bruder namens Ferdinand Winterberg?"

„Ja, ja, was fragen Sie? Genau den erwarte ich dringend." Mamas Stimme klang jetzt beinahe wie die von Carola. Nach der „Bescherung".

„Wir haben leider eine traurige Nachricht für sie. Ihr Bruder hatte einen Unfall. Einen schweren Unfall."

„Wie bitte? ... Nein ... Das glaub ich einfach nicht ... Wo ist er jetzt? ... Im Krankenhaus?"

„Tut uns leid, aber ihr Bruder ist noch auf der Fahrt in die Klinik verstorben. – Unser herzliches Beileid."

„Was ... Wie ...?" Mama fasste sich an den Kopf und an die Brust, einer der Polizisten stützte sie am Arm und geleitete sie in den Salon, wo sie laut zu schluchzen begann. Der andere Polizist blieb etwas unaufgeräumt in der offenen Eingangstür stehen.

In der Tür vom verlorenen Kinderzimmer hatte der Leibhaftige alles mitangehört. Jedes Wort hatte er in sich aufgesogen.

Dann als er endlich begriff, dass es hier und heute für ihn nichts mehr zu tun gab, zog er sich langsam aus dem Kinderkörper zurück und machte Platz für ein kleines Mädchen: für Miriam.

Mit großen Augen starrte sie auf den Dolch, der eigentlich ein Brieföffner war, in ihrer rechten Hand.

Dann drehte sie sich um, ging mit wackeligen Schritten – das neue Leben fühlte sich noch ungewohnt an – in das Kinderzimmer, schloss mechanisch die Tür, ging zum Fenster, öffnete es und starrte lange auf die Dunkelheit des Gartens. Dann sah sie erneut auf den Brieföffner in ihrer Hand, holte aus und warf ihn mit großem Schwung in den kleinen Fischteich neben der elterlichen Villa.

Sie lauschte mit geschlossenen Augen auf das befreiende Platsch, atmete dann einmal ganz tief von der würzigen Nachtluft und wand ihren Blick dann dem Nachthimmel zu. Heute schien er besonders klar, ließ unzählige kleine und große Sterne funkeln und blinken. Einer leuchtete besonders hell.
„Danke", flüsterte sie in den strahlenden Lichterglanz hinein. „Danke, Danke!"

Ins Netz gegangen

Susanne war diesen Weg schon oft gegangen, trotzdem kam er ihr heute fast fremd vor. Vermutlich, weil sie hier noch nie so offen unterwegs gewesen war.

Versteckt hinter Bäumen und Gebüsch war sie bisher immer nur Paul gefolgt. Behutsam darauf bedacht, dass er sie nicht bemerkte.

Doch heute musste sie sich nicht verstecken. Heute *war* sie Paul.

Nicht Susanne und schon gar kein Verfolger. Sie war Paul in persona.

Er dagegen würde gar nicht kommen können. Eine günstige Gelegenheit. Zu günstig, um sie sich entgehen zu lassen. Heute würde sie der leidigen Affäre zwischen ihrem Mann und „seiner" Mona ein Ende bereiten.

Sie, also Paul, würde ihr einfach sagen, dass Schluss sei. Dass sie, Paul, nichts mehr mit ihr zu tun haben wollte. Und wenn nötig, würde sie dafür auch böse Worte finden. Hauptsache, Mona machte sich davon, und gab Paul keine Chance mehr.

Es musste einfach klappen.

Einen genauen Plan hatte sie nicht. Denn so eine wie Mona war ja gar nicht richtig einzuschätzen. Da würde sich Susanne beim Gespräch sehr auf ihre Intuition verlassen müssen. Ein Umstand, der sie nervöser machte, als sie vor sich selbst zugeben wollte. Und so klammerte sie sich mit ihren Gedanken an das, was sie wirklich vorwärts trieb – ihre unerbittliche Entschlossenheit – und schritt kraftvoller aus. Heute war der Tag, an dem sie Paul von dieser widerlichen Unperson befreien würde, egal wie.

Susanne verschwendete keinen Blick an die exotisch anmutende Landschaft in diesem Teil des Parks, der sich für Liebesaffären geradezu anbot.

Was hieß hier anbot, er war offensichtlich haargenau dafür geschaffen worden. Widerwillig schüttelte sie den Kopf. Einfach unglaublich. Wer sich das ausgedacht hatte, gehörte eigentlich bestraft, stattdessen verdiente der sich sogar ein Vermögen damit.

Im nächsten Augenblick stand sie vor der Laube, in der Paul sich mit Mona zu treffen pflegte. Jeden Dienstag- und Donnerstagabend, seit neuestem auch noch Samstagnacht, manchmal sogar sonntags.

Ganz allmählich, fast unmerklich hatte er sich von ihr, Susanne, entfernt und es hatte eine Weile gedauert, bis sie erkannt hatte, das er neben seiner Firma noch eine weitere Leidenschaft entwickelt hatte.

Inzwischen verhielt er sich wie ein Süchtiger und seine Droge war dieser Ort und Mona die Hauptdarstellerin.

Mit zittrigen Fingern versuchte Susanne sich auf die nächsten Schritte zu konzentrieren. Rechter Hand, gleich neben dem Eingang zur Laube, befand sich ein Bildschirm. Darunter lag eine Computertastatur. Dort musste sie den Code eingeben. Zuerst den für Paul, dann den für Mona.

Während sie die Zahlen und Buchstaben tippte, lachte sie grimmig in sich hinein. Wie leicht war es doch gewesen, an diese Codewörter zu kommen! Ihr Mann hielt sie ja technisch für so unbegabt! Der glaubte nicht einmal, dass sie einen Computer mehr als einschalten könnte.

Zum ersten Male war ihr dieser Umstand sehr entgegengekommen. Denn so hatte sich Paul kaum Mühe gegeben, irgendetwas vor ihr zu verbergen, und natürlich würde er nun auch nie dahinter kommen, dass ausgerechnet Susanne ihm diese Beziehung vermasselt hatte.

Mit Genugtuung drückte sie die Eingabetaste und Monas Gesicht erschien auf dem Bildschirm.

„Paul?", fragte sie sichtlich erstaunt. Ich dachte, du wärst heute auf einer Firmenfeier."

„Die ist kurzfristig verschoben worden. Der Geschäftsinhaber ist krank geworden."

„Ich komme." Mona verschwand vom Bildschirm.

Susanne versuchte sich zu entspannen. Bis jetzt war alles glatt gegangen. Aber warum sollte ihr Mona diese geniale Lüge auch nicht abnehmen?

Vermutlich hätte sie sich mit jeder billigen Erklärung abgefunden. Was wusste diese, diese ... Kreatur denn schon vom wirklichen Leben?

Auf der anderen Seite der Laube – Susanne weigerte sich hartnäckig das Wort „Liebeslaube" auch nur zu denken – öffnete sich eine Tür. Mona kam mit strahlendem Lächeln auf sie zu.

„Wie lange hast du Zeit, mein Liebster?"

Schon für diesen Satz hätte Susanne sie ohrfeigen können. Meine Güte, wie schwülstig. Aber Paul stand auf so was. Und deshalb redete Mona so. Die perfekte Geliebte.

Susanne würde in hundert Jahren nicht Liebster zu ihm sagen, schon gar nicht so piepsig säuseln. Aber Mona ... sie war genau so, wie Paul sie sich wünschte: Tadellose Figur, makelloser Teint, schicke Kleidung, und immer zu allem bereit, wonach ihm gerade der Sinn stand.

Womöglich trägt sie auch noch Strapse, dachte Susanne und schüttelte sich. Dann hob sie den Kopf und sah Mona an: „Tja, also ... im Grunde bringe ich gar keine Zeit mit. Genau genommen ..., also ich wollte sagen, dass ich überhaupt nicht mehr komme."

Oh nein, in Susannes Kopf schrillten die Alarmglocken. Was stammelte sie denn da für einen Schrott? Sie musste sich doch von der da nicht einschüchtern lassen!

Mona kam näher. Und lächelte immer noch. Ob sie das überhaupt aus ihrem Gesicht nehmen konnte?

„Das ein Scherz, oder?"

Na klar! Das konnte niemand ernst nehmen. Nicht einmal so ein Püppchen wie Mona.

Susanne riss all ihren Mut zusammen und sagte, mit – wie sie hoffte – energischer Stimme: „Ich habe gemerkt, dass ich meine Frau doch interessanter finde als dich – *Das müsste sie vielleicht treffen, oder?* – und dass ich viel zu viel Zeit mit dir verbr ..., verplempere – *Komm, gib es ihr richtig* – also mit anderen Worten, diese, ... diese billige Affäre mit dir ..., die fängt an, mich zu langweilen. Du bist mir einfach zu ... zu künstlich!“ Susanne fand sich immer besser. Solche Worte mussten doch bestimmt auch eine Designerfigur kränken, oder?

Oder war sie womöglich doch so gestrickt, dass Paul diese Trennung mit einer einfachen Entschuldigung, einer Erklärung kurzerhand rückgängig machen konnte?

Mona schien zu überlegen.

„Du hättest einfach nicht mehr kommen brauchen.“

„Ja, äh ..., ich wollte es doch wenigstens erklären, also ich meine ...“ Susanne merkte, dass ihr das Gespräch entglitt und biss sich ärgerlich auf die Lippen.

„Warum solltest du mich holen, nur um mir das zu sagen? Es macht keinen Sinn. Es sei denn ... Du bist gar nicht Paul!“

Die letzten Worte waren ganz klar eine Feststellung. Susannes Kopf dröhnte. Das durfte nicht sein. Das durfte einfach nicht sein! Wer oder was war denn diese Mona, dass sie so etwas einfach behaupten konnte?

Nein, sie konnte doch jetzt nicht mehr zurück, jetzt nachdem sie so weit gegangen war. Dann würde Paul schon bald davon erfahren und sie würde ihn womöglich für immer verlieren. Jawohl, genauso würde es enden. Sie spürte es überdeutlich und ein heftiger Schmerz fuhr durch ihren Körper.

Nein!

Das durfte sie nicht zulassen!

Auf gar keinen Fall, konnte sie das jetzt so stehen lassen!

Sie musste es zu Ende führen.

Hier und jetzt.

Mona war schon wieder an der Tür, aus der sie hereingekommen war. „Wer immer du bist, leb wohl."

„Neiiiiiiin!"

Susanne griff die Vase mit den dunklen Rosen, die neben ihr auf einem Sims stand, und schleuderte sie auf Mona.

Mit einem aushauchenden „Ohhhh" fiel diese zu Boden und sofort machte sich eine riesige, rote Blutlache breit. Im gleichen Moment schrillte eine Sirene los.

Einen Moment lang saß Susanne wie erstarrt auf dem Computerstuhl und konnte ihre Augen nicht von dem Bild abwenden, das sich da vor ihr auf dem Schirm entfaltete.

Blut?

Aber nein!

Das war doch kein richtiges Blut. Wie sollte das Blut sein können. Das war ...

Die Sirene schmerzte in ihren Ohren.

Hilfe, sie musste hier weg, sie musste hier raus.

Wie kam sie raus?

Wo war nur dieser Button zum Ausloggen?

Sie sauste mit dem Mauszeiger über den Schirm.

Konnte kein Logout finden.

Computer runter fahren!

Ausschalten!

Aber wo war der „shut down" Button?

Das Panorama von Pauls Liebesparadies nahm den gesamten Bildschirm ein.

Hilfe, die Sirene macht mich mich noch taub. Oder holt die Nachbarn auf den Plan. Oder beides.

Voller Panik riss Susanne den Stecker aus der Wand.

Augenblicklich wurde der Bildschirm schwarz. Verschluckte die Laube mit der verrenkt am Boden liegenden Mona in gnädiger Dunkelheit.

Über Pauls Arbeitszimmer senkte sich Grabesstille.

Was hatte sie getan?

„Was hast du getan?"

Wie in Zeitlupe realisierte Susanne, dass diese Flüsterstimme nicht aus ihrem Kopf kam, auch nicht aus dem Computer.

Nein. Diese Stimme kam aus ihren Rücken und von jemanden, der nicht dort sein sollte.

Voller Schreck fuhr sie herum.

In der Tür, nur als Silhouette erkennbar, stand eine Gestalt: Paul.

Auf dem zweiten Blick war es aber doch nicht Paul, oder doch?

Irgendetwas war fremd an ihm.

„Was hast du getan?", wiederholte Paul. Er rührte sich nicht, seine Stimme klang monoton, ja fast blechern-künstlich.

Wie lange stand er schon da?

Was hatte er gesehen?

„Nnn... nichts." Ihre Stimme war mehr ein Krächzen. Doch hastig sprach sie weiter: „Ich meine, sie ist ja nicht echt, nicht wahr?" Sie fasste sich mit einer Hand an die Kehle und versuchte ein Räuspern. „Sie ist nur eine Computerfigur. Sie ist ..." Ihre Stimme versagte.

Paul jagte ihr Angst ein. Seine Erscheinung erinnerte sie an die komischen Krieger in seinem unseligen Computerspiel. Und was hielt er da bloß über den Kopf?

Erst als es niedersauste, erkannte sie das Schwert der Computerkrieger, das als Ziel ihren Kopf genommen hatte.

Und nach einem ungläubigen „Ohhhh" erlosch auch in ihrem Gehirn der Bildschirm.

Tödlicher Irrtum

Als Konrad Weber Gewissheit hatte, war er zunächst sehr erschüttert, dann traurig und schließlich wütend. Aus der Wut wurde Hass und aus diesem Hass heraus entstand sein Plan: Rache.

Rache an seiner Frau und ihrem Liebhaber, diesem eingebildeten Schnösel von Maler.

Wenn er das damals geahnt hätte! Damals auf der Vernissage als er Beate und diesen Carl Johansson, über den er eine Reportage geschrieben hatte, miteinander bekannt gemacht hatte.

Zu spät.

Doch das würden sie ihm büßen. Ja, beide sollten für diesen niederträchtigen Verrat bezahlen. Und Konrad wusste auch schon wie. Im Grunde war es gar nicht schwer. Beate ging jeden Mittwochnachmittag, wenn er Redaktionssitzung hatte, zu ihrem Carl. Immer um die gleiche Zeit. Und sie war natürlich zurück, bevor er, Konrad, abends nach Hause kam. Dachte wohl, so würde er nichts merken. Ha! Nicht mit ihm!

Konrad hatte durch seinen Beruf als Journalist viele Kontakte, manche davon auch zu weniger lauteren Kreisen. So war es für ihn ein Leichtes, an das Gift heranzukommen. Gift, das typische Mordmittel von Frauen. Und genau aus diesem Grund gewählt.

Es war auch nicht schwer für ihn, mit Carl Johansson einen Termin auszumachen. Schließlich hatte seine damalige Reportage wesentlich zum Erfolg der Vernissage beigetragen.

Eine Dreiviertelstunde vor Beates üblichen Erscheinen, hatte er sich bei Johansson angemeldet. Er habe nur ein paar kurze Fragen, wolle sich nicht lange aufhalten et cetera. Der Maler hatte freudig und ohne Umschweife eingewilligt.

Bei ihren früheren Treffen hatten sie ab und zu einen Whiskey zusammen getrunken. Johansson hatte eine Marke, die er besonders liebte, aber sich selten leistete. Genau so eine Flasche hatte Konrad jetzt dabei.

Natürlich bot Johansson sogleich ein Glas an. Konrad stellte seines allerdings so ungeschickt hin, dass es umkippte und den Inhalt über Tisch und Teppich ergoss. Er entschuldigte sich mit vielen Höflichkeitsfloskeln.

Der Maler winkte ab und machte sich auf die Suche nach einem Lappen, was Konrad die Gelegenheit gab, unbeobachtet das Gift in dessen Glas zu schütten.

Dann kam der spannende Moment, ob Johansson etwas merken würde.

Nein! Er merkte nichts und trank sein Glas auf einen Zug leer.

Nun wenig später griff er sich an die Brust, an den Hals, röchelte und sank zu Boden.

Konrad huschte in die Küche, spülte sein Glas und stellte es in den Vitrinenschrank zurück. Dann verwühlte er im Schlafzimmer das Bett und deponierte auf den Nachttisch den Ohrring, den Beate heute früh verzweifelt gesucht hatte, um dann genervt, ganz gegen ihre Gewohnheit, ohne Ohrringe aus dem Haus zu gehen.

Über den Stuhl warf er ihren Lieblingsschal, und ins angrenzende Bad stellte er den Lippenstift, den sie heute früh aufgetragen und dann, vor lauter Ohrringsuche, vergessen hatte einzustecken. Das sollte genügen.

Wenn Beate ihren Geliebten nachher fand, würde sie natürlich sofort den Notarzt und die Polizei verständigen.

Und die würde dann neben den Fingerabdrücken von Johansson nur noch solche von Beate finden.

Er schaute grinsend auf seine Autohandschuhe, die er immer noch trug. Er hatte große Eile vorgetäuscht und auch seinen Mantel anbehalten.

Und Johansson hatte es nach einigem Protest schließlich hingenommen.

Das verwühlte Bett, der Ohrring, der Schal und der Lippenstift, dürften es wiederum Beate sehr schwer machen, der Polizei glaubhaft zu versichern, dass sie gerade erst angekommen sei, und ihr Freund da bereits tot war. Seine Inszenierung würde jeden ihrer Sätze Lüge strafen.

Er grinste grimmig und blickte sich noch einmal um. Zur Krönung des Ganzen ließ er im Bad das Licht brennen, im Schlafzimmer die Rollläden herunter. Dann verließ er die Wohnung, gute zehn Minuten vor Beates Eintreffen.

Halt, er musste besser noch die Türe einen Spalt offen lassen. Man konnte ja nie wissen. Vielleicht hatte seine Frau ja keinen Wohnungsschlüssel. Das wäre ein schöner Reinfall, wenn sie nicht in die Wohnung hineinkäme.

Er rieb sich überschwänglich die Hände. Was war er doch nur für ein gewieftes Schlitzohr!

Dann zog seinen Hut tief ins Gesicht und eilte die Treppen hinunter. Wie zuvor begegnete ihm niemand. Perfekt! Das Schicksal war ihm zusätzlich wohlgesonnen.

Termingerecht betrat er zwanzig Minuten später den Raum zur Redaktionskonferenz.

Als er abends nach Hause kam, war Beate nicht da. Vermutlich wurde sie auf der Polizei durch stundenlange Verhöre festgehalten. Geschah ihr ganz recht! Wenn es etwas gab, dass er nicht verzeihen konnte, so war es Untreue. Schon gar nicht nach so vielen Ehejahren und dann auch noch mit jemanden, mit dem er sie bekannt gemacht hatte, den er gefördert hatte! All diese Gespräche über ihn, ihre unverhohlene Bewunderung für ihn ... was für eine Ohrfeige, was für eine Schmach.

Nein, er hatte kein Mitleid.

Doch das durfte er sich natürlich nicht anmerken lassen. Sicher würde bald ein Beamter bei ihm vorbeikommen. Dann würde er ungläubig aus allen Wolken fallen. Und ja, im Grunde konnte er es immer noch nicht wirklich glauben. Er musste sich nur ganz fest an dieses Gefühl klammern, dann ...

Die Wohnungstüre schwang auf und eine lachende Beate kam herein, im Schlepptau zwei seiner besten Freunde, die er lange nicht gesehen hatte.

Was zum Teufel ...?

„Seht nur, wie entgeistert er uns anschaut", strahlte Beate. „Na? Bist du überrascht?" Sie lachte. „Das dachte ich mir. Kenne ich ja nicht anders. Huhu!" Sie wedelte mit der Hand vor seinem Gesicht herum. „Hast du wieder mal vergessen, was heute für ein Tag ist?"

Dann lag sie ihm um den Hals. Küsschen hier, Happy Birthday da, Sektkorken knallten, und schließlich drückte ihm seine Frau mit glänzenden Augen ein Paket in die Hand.

Wie hypnotisiert packte Konrad es aus.

Nein!

Das konnte ... das *durfte* nicht war sein.

Ein Bild.

Ein Porträt von Beate. So wie er sich das damals, als er beide miteinander bekannt gemacht hatte, gewünscht hatte. Ein Porträt, gemalt von Carl Johansson ...

Sie hatte auch damals einfach nur gelacht.

Um es dann wahr zu machen.

Mit anderen Worten: Sie hatte sich heimlich malen lassen ..., er war gar nicht ihr Liebhaber. Natürlich nicht.

Konrad ließ sich schwer in den nächsten Sessel fallen und stützte den Kopf in die Hände. Die Ausweglosigkeit seiner Situation wurde ihm durch Beates Erzählung, wie sie fast den ganzen Tag damit zugebracht hatte, seine Freunde aufzustöbern, immer deutlicher.

Und als es schließlich an der Türe läutete, wusste er auch ohne Beates aufgeregtem Wortgestammel, dass dies keine neuen Geburtstagsgäste waren.

Eingeholt

Xaver stand im Bad und wusch sich das Blut von den Händen. Sein Blick fiel in den Spiegel. Fühlte er Reue? Fühlte er überhaupt etwas?

Der Mann im Spiegel sah wie unbeteiligt zurück. Kein Lidzucken, kein Stirnrunzeln, keine hängenden Mundwinkel. Gepflegte glatte Haut, der Blick vielleicht ein wenig müde.

War es anstrengend gewesen, ohne dass er es gemerkt hatte?

Er ging zurück ins Schlafzimmer, in dem Yvonne oder Isabelle oder wie sie hieß / geheißen hatte, wie zuvor etwas verkrümmt auf dem Boden lag.

Warum hatte sie ihm auch hinterher spioniert, statt einfach selig weiter zu schlafen, während er seiner Beschäftigung nachging, die zugegebenermaßen als kriminell bezeichnet wurde.

Nun musste er vor allem seine Spuren verwischen.

Ruhig ging er ans Werk.

Er war kein Mörder. Er konnte bei der Tötung von Menschen weder Leidenschaft noch Befriedigung empfinden. Im Gegenteil, er könnte gerne darauf verzichten. Doch es gab Momente wie diese, da blieb ihm nichts anderes übrig.

Er seufzte. Die dummen Opfer zwangen ihn einfach manchmal dazu, so zu handeln. War gar nicht seine Schuld. Er wäre mit ihrem Geld, Schmuck und anderen Wertgegenständen schon zufrieden.

Mochte ja sein, dass es nicht so ganz in ihrem Interesse lag, aber dafür mussten sie ja nicht gleich ihr Leben aufs Spiel setzen! War doch klar, dass er nichts riskieren konnte, nichts riskieren würde.

Er seufzte wieder. Es kam noch so weit, dass er sein Mordwerkzeug schon mitbrachte, statt jedesmal erst zu überlegen respektive nach geeignetem Gegenständen zu suchen.

Diesmal hatte das blöde Messer, das zwei scharfe Seiten hatte, durch den Kampf sogar seine Handschuhe zerschlissen. Abgesehen davon, dass viel zu viel Blut geflossen war.

Er hasste Blut, aber diese, diese ... Yvonnabell hatte sich als kräftiger erwiesen, als gedacht.

Nun gut. Xaver blickte sich um. Das sollte reichen. Nichts würde auf ihn hindeuten. Er gehörte nicht zu ihrem Bekanntenkreis, nicht mal in den Dunstkreis ihrer Bekannten. Keiner hatte ihn gesehen. Nun musste er nur noch unbemerkt verschwinden.

Hübsch sah sie aus. Selbst jetzt im Tode. Es war wirklich schade um sie.

Er schalt sich selbst ob dieser Gedanken, konnte sich ihrer aber kaum erwehren. Sie hätte nicht sterben sollen. Sie war noch so jung, hatte neben den Callgirl-Aktivitäten noch irgendetwas studiert. Irgendetwas mit Hotelmanagement im Sinn gehabt. Ja, es war wirklich schade um so eine Person wie Yvo ... Isa ... vonne.

Er zwang sich den Blick von ihr zu wenden und sich auf seine Flucht zu konzentrieren, die schließlich unbemerkt von irgendeiner dritten Person ablaufen sollte.

Zu Hause in seinem Bett holten ihn die Gedanken an das junge Mädchen wieder ein.

Er drehte und wälzte sich in seinem Bett herum und ärgerte sich, dass er nicht einschlief. Das kannte er gar nicht.

Mitten in der Nacht schreckte er plötzlich hoch. Er hatte einen spitzen Schrei gehört!

Isa ...!

Schweißnass saß er in seinem Bett und lauschte.

Albern das, sagte er zu sich. Sie hatte doch gar nicht geschrien. Sein Hals fühlte sich ausgedörrt an und er stand auf, um sich etwas zu trinken zu holen. Dabei war er wohl zu hastig gewesen, denn ein leichter Schwindel zwang ihn, sich am Schrank festzuhalten.

Das Wasser trank er in gierigen Schlucken, doch es brachte kaum Erleichterung.

Er wechselte seine nassgeschwitzte Kleidung, doch auch danach fand er erst einmal keinen Schlaf. Und so starrte er in die Dunkelheit ..., obwohl er doch gerade die Augen geschlossen hatte?

Sie gehorchten ihm nicht. Oder bildete er sich die offenen Augen nur ein?

Das, was er sah, entsprach auch gar nicht wirklich den Umrissen seiner Schlafzimmereinrichtung.

Und nun formte sich auch noch wie von selbst ein Gesicht. Ein Spukgesicht.

Xaver versuchte seine Schlafposition zu wechseln, aber sein Körper fühlte sich an wie Blei, den er nicht bewegen konnte.

Das Spukgesicht kam näher.

Er musste die Augen öffnen! Doch er scheiterte; sie schienen bereits weit aufgerissen zu sein. Nun versuchte er sie zuzukneifen. Auch das misslang. Sie waren zu.

Und das Gesicht blieb.

Eigentlich war es gar kein richtiges Gesicht, eher eine Fratze. Sogar eine ganz widerliche.

Nein, nicht nur eine Fratze, es war eine komplette Gestalt! Die zu allem Überfluss immer größer wurde. Düster, doch ohne scharfe Umrisse, schien sie zu schweben.

So zart das auf den ersten Blick aussehen mochte, so mächtig und kräftig wirkte sie, je näher sie kam. Der Gesichtsausdruck hatte etwas Böses. Brutales.

Das muss der Tod sein, fuhr es ihm durch den Kopf, und als hätte er mit diesem Gedanken einen Knopf gedrückt, fing der zahnlose Mund der Fratze an zu sprechen. Blechern und seltsam hohl klang die Stimme. „Ich werde dich holen. Schon bald!"

Xaver schwanden die Sinne.

Am nächsten Morgen wurde ihm klar, dass er krank war. Seine Stirn war heiß, sein Körper zu schwer, um sich wirklich aufzurichten zu können und zu wollen.

Sein Mund brannte. Er griff nach der Wasserflasche, die er nachts neben sich gestellt hatte, trank ein paar Schlucke und beschloss den Tag im Bett zu bleiben.

Der Fiebertraum der vergangenen Nacht fiel ihm ein und verursachte ein zusätzliches Unwohlsein.

Irgendwo in dieser Wohnung gab es Tabletten. Er würde sie später holen. Sie würden helfen, das Fieber zu senken. Dazu noch eine zweite Wasserflasche, mehr würde er heute nicht brauchen.

Gegen Abend, nachdem die Tablette inzwischen zwei Stunden Zeit gehabt hatte zu wirken, fühlte er sich endlich etwas wohler. Vielleicht würde er ja morgen schon wieder gesund sein. Spätestens aber übermorgen. Ganz bestimmt. Mit diesen Gedanken schlief er ein. Schon dass er sich nicht stundenlang wälzen musste, sah er als gutes Zeichen.

Um so mehr schrak er auf als er von etwas geweckt wurde, das er nicht einordnen konnte.

Ein Geräusch?

Ein kühler Luftzug?

Das Gefühl, nicht allein sein?

Alles zusammen?

Er wollte die Augen öffnen und wieder gelang es ihm nicht, sich darüber klar zu werden, ob seine Augen offen oder geschlossen waren. Und wieder hatte er keine Möglichkeit auch nur einen Muskel zu bewegen.

Vor ihm schwebte die Gruselgestalt, hatte den Mund leicht geöffnet und diesmal sah er hellrotes Blut daraus tropfen. Zumindest sah es für ihn wie Blut aus. Hellrot und nur wenig dicker als Wasser.

Genauso war Yvonnes? Blut ihm vorgekommen, als sie vor ihm am Boden lag.

Er stöhnte, doch kein Laut drang aus seinem Mund. Stattdessen redete die Todesfratze: „Ich werde dich holen. Schon bald!"

Am nächsten Morgen fühlte sich Xaver nicht wirklich krank, aber unendlich schwach.

Kein Wunder, er hatte ja nun auch einen ganzen Tag lang nichts als Wasser und eine Tablette zu sich genommen.

Er fühlte an seine Stirn, sie kam ihm kühler vor. Ich bin auf dem Wege der Besserung dachte er. Doch essen mochte er nichts. Im Gegenteil, allein der Gedanke daran verursachte ihm Übelkeit.

Also noch ein Tag im Bett und noch mal Tabletten. Diesmal würde er schon am Morgen eine nehmen, schließlich hatte er sie genau dafür , wie auch das Wasser, neben dem Bett bereit gelegt.

Tagsüber dachte er darüber nach, ob sein nächtlicher Traum eine höhere Bedeutung haben konnte. Er war nicht ungebildet und so hatte er durchaus davon gelesen und gehört, dass es bestimmte Träume gab, die immer wieder kamen und ein Ausdruck der eigenen Seele waren.

Ich bin doch zartbesaiteter als ich dachte, war seine Schlussfolgerung. Mir ist der Tod von dieser Ivannabell einfach zu nahe gegangen.

Er horchte in sich hinein. Ja, tief in ihm drin war immer noch dieses „Schade".

Aber war das wirklich ein Gefühl, dass zu solchen Alpträumen führte?

Wenn er ganz ehrlich mit sich war, berührte ihn ihr Tod doch sehr viel weniger, als beispielsweise der Tod seines Hamsters als er gerade mal sechs Jahre alt gewesen war.

Und nach wie vor gab er ihr die Schuld. Sie hatte sich nicht mal von seinem Warnruf abhalten lassen, in den Wohnraum zu kommen. So hatte sie ihn nicht nur gesehen, sondern auch erkannt. Erkannt als denjenigen, der ihr tags zuvor noch heftige Glücksgefühle und nicht wenig Geld zugesteckt hatte.

Zugegeben, dass mit den Glücksgefühlen war seine Interpretation ihres Gesichtsausdrucks, sie hatte nichts dergleichen gesagt, aber das gehörte für ihn dazu wie Regeln zu einem Spiel. Die Frauen beglückt zu haben, ließ ihn sein anschließendes Tun noch weniger verwerflich erscheinen, abgesehen davon, dass sie von allem, was er nahm, mehr als genug hatten.

Genau genommen, mussten sie es gar nicht mal vermissen.

Mit diesen Gedanken schien sein Gewissen sich so zu beruhigen, dass er in einen wohligen Schlaf fiel.

Als er aufwachte, fing es gerade an zu dämmern. Er fühlte sich wieder etwas frischer, nahm noch eine Tablette, trank eine ganze Wasserflasche aus, überlegte, ob er nun etwas essen konnte, entschied sich dagegen und machte die Augen wieder zu.

Ein spitzer Schrei ließ ihn hochfahren. Seine Augen blickten direkt in die Todesfratze, die jetzt nur wenige Zentimeter von seinem Gesicht entfernt war. Nicht nur aus der Mundöffnung tropfte Blut, sondern auch aus Nase, Augen und Ohren sickerte ein rotes Rinnsal, bildete ein paar Zentimeter weiter unten einen dicken Tropfen, der dann von dort ins Dunkle fiel.

Er konnte sich augenblicklich nicht mehr rühren. Nicht mal zurückfallen ins Bett konnte er und so hörte er nicht nur die Worte, er spürte auch den eisigen Hauch, den sie mit sich trugen: „Ich werde dich holen. Schon bald!"

Anderntags fühlte sich Xaver tatsächlich etwas kräftiger. Und wie das mit Wiederholungen so ist: Sie verlieren mit der Zeit ihren Schrecken.

Zumindest tagsüber.

Er zuckte mit den Achseln, denn das Ganze war ja nur ein Traum. Er schien zwar schrecklich und in der Nacht unheimlich real. Aber es war dennoch ein Traum.

Und wenn er erst einmal richtig gesund war, dann würde der auch wieder verschwinden.

Er trank eine angefangene Wasserflasche leer und fühlte sich noch frischer.

Er würde Urlaub machen. Ein bisschen Pause würde ihm gut tun, ein anderes Umfeld auch. Die letzten Raubzüge hatten ihm genug eingebracht, dass er sogar ein halbes Jahr ohne Arbeit auskommen könnte.

Aber so lange würde er nicht pausieren müssen.

Einen Tag würde er sich noch ausruhen. Wenn es ihm anderntags noch besser ging, würde er aufstehen und Reisepläne machen.

Er fühlte direkt Vorfreude.

Abends ging es ihm so gut, dass er auf die Tablette verzichtete.

Mitten in der Nacht wachte er auf und verspürte Durst. Vorsichtig öffnete er die Augen, trank einen Schluck und sah sich um. Seine Augen waren eindeutig offen und das Zimmer sah aus wie immer. Keine düstere Gestalt, keine Todesfratze.

Der Spuk war vorbei.

Xaver spürte wie allein dieser Gedanke ihn weiter gesunden ließ, ihm zusätzlich Kraft schenkte. Dankbar schloss er die Augen und schlief sofort ein.

Anderntags spürte er direkt die neue Kraft durch seine Adern fließen. Übermütig stand er auf. Seine Füße schienen ihn sofort zu tragen. Kein Schwindel, kein Taumeln.

Heute würde er etwas essen. Er spürte zwar überhaupt keinen Hunger, selbst jetzt nicht, wo er diesen Gedanken hatte, aber das kannte er auch. Wenn man lange nichts gegessen hatte, konnte das Hungergefühl schon mal mit verschwinden.

Im Bad schüttete er sich eine Handvoll Wasser ins Gesicht, um sich zu erfrischen.

Beim Herabtropfen sah es leicht rötlich gefärbt aus.

Zahnfleischbluten?

Irgendwo etwas aufgekratzt?

Er schaute in den Spiegel.

Und erstarrte.

Da war es. Das Gesicht.

Die Todesfratze.

An den Lippen hing ein wenig Blut, rann herunter zum Kinn und tropfte dann vor ihm in sein Waschbecken.

Hellrotes Blut, genau so wie das von – und jetzt war ihr Name klar und deutlich in sein Gehirn gebrannt wie das von Isabelle.

Das letzte Mal

„Na, kannst du dir schon denken, wo es hingeht?" Toni schaute in den Rückspiegel, wo seine Augen auf die von Silvie trafen, die aber keine erkennbare Regung zeigten.

Soeben hatten sie den Stadtrand erreicht und Toni war auf eine kleine Nebenstraße abgebogen, die zum nahe gelegenen Erholungsgebiet führte: ein großes Stück Natur, jederzeit frei zugänglich, mit Waldstücken und Parkanlagen und einem kleinen See, der von einem idyllisch plätscherndem Bach gespeist wurde.

„Bestimmt kannst du das, oder?" Toni suchte erneut im Rückspiegel den Blick seiner Frau, doch die hatte offensichtlich den Kopf bewegt, vermutlich zur Seite rausgeschaut, denn er konnte nur ein Auge sehen. Das allerdings schien noch undurchdringlicher als zuvor beide zusammen.

„Ja, ja, die Ahnung steht dir ins Gesicht geschrieben", behauptete er aufs Geratewohl, denn das glaubte er wirklich zu wissen, egal wie sie schaute.

Die Stirn über dem Auge im Rückspiegel zuckte ein wenig. Sie hatte es nie gemocht, wenn er sich als Gedankenleser betätigt hatte.

Nun musste Toni sich auf die Straße konzentrieren, die doch einige recht enge Kurven aufwies. Bald würde außerdem die Abzweigung kommen, die er nehmen wollte. Der „Liebesweg" wie er gerne genannt wurde, weil er viele lauschige Plätzchen zu bieten hatte, an denen man ungestörte Kuschelstunden zu zweit verbringen konnte – sowohl im als auch außerhalb vom Auto.

Hier hatten Toni und Silvie selbst viele Stunden verbracht. Damals als sie sich kennen gelernt hatten.

„Ja schade, dass es mit dem Urlaub in die Karibik nun nichts geworden ist. Das wäre mir auch lieber gewesen." Toni seufzte. Dann schaute er auf die Uhr: „Jetzt wäre der Flieger gegangen."

Er zuckte mit den Schultern.

„Nun sitzt keiner von uns darin."

Von der Rückbank kam ein leises Geräusch. Doch Toni konnte nicht in den Spiegel schauen, denn gerade hatte er die Abzweigung zum Liebesweg erreicht.

„Na? Nun weißt du es aber mit Sicherheit!", sagte er, nachdem er abgebogen war.

Die Augen im Rückspiegel schienen noch dunkler zu werden. Kein Wunder, hier war es schattig. Silvies Pupillen hatten sich entsprechend vergrößert.

„Tut mir leid, dass du nicht sprechen kannst", sagte Toni beiläufig.

Auf Silvies Stirn erschienen kleine Falten.

„Ja ja, ich weiß, was du sagen möchtest. Dass ich es sowieso nicht gern habe, wenn jemand bei der Autofahrt mit mir plaudern möchte. Und da hast du natürlich recht. So gesehen, könnte man meinen, dass ich dich gerade verhöhne, aber so ist es nicht. Jetzt wäre mir ein Kommentar von dir ausgesprochen willkommen."

Bedächtig, ja direkt behutsam, führte er das Fahrzeug über den inzwischen sehr holprigen Weg. „Ich möchte ja nicht, dass es für dich auf der Rückbank ungemütlich wird." Seine Stimme war sanft geworden, denn in seinem Kopf breiteten sich die Erinnerungen so glasklar vor ihm aus, als wären sie erst gestern noch hier gewesen. Eine Welle von Zärtlichkeit und Trauer zugleich durchflutete seine Adern.

„Ich hätte jetzt wirklich gern einen Kommentar von dir", nahm er seinen Faden wieder auf. „Also, ob mir diese Überraschung gelungen ist."

Von der Rückbank kam lautes Schnauben.

„Ahh, ich höre, dass es dich auch bewegt", sagte er. „Das ist gut. Das war schließlich meine Absicht."

Mit höchster Sorgfalt umfuhr er ein großes Schlagloch und fluchte, als er dadurch in ein kleineres fuhr. „Ich habe wirklich den Eindruck, dass dieser Weg im Laufe der Jahre noch schlechter geworden ist. Findest du nicht auch?"

Wieder schaute er in den Rückspiegel. Silvie hatte die Augen geschlossen.

„Aha, du stimmst mir zu“, stellte er, nun wieder im heiteren Plauderton, fest. Dann kniff er die Augen zusammen. Da vorne schien ihm ein Ast doch recht tief über den Weg zu reichen. Er hielt an und schätzte die Höhe ein. Es musste gehen.

„Karibik hätte ich mir richtig schön vorstellen können“, sagte er und setzte die Fahrt fort. „Aber na gut, du wolltest halt nicht. Auch wenn ich es nicht verstehe. Aber was soll's. Der Flieger ist weg und wir sind hier.“

Als er unter dem Ast eintauchte, zog er instinktiv den Kopf ein, um dann über sich selbst schmunzeln.

Auf der Rückbank blieb es vollkommen ruhig. Den Blick in den Spiegel wagte er nicht, denn jetzt musste er wirklich höllisch acht geben. Musste ganz weit nach links fahren, da wo der Ast am höchsten hing, um eine Berührung zu vermeiden. Und gleich darauf kam eine Kurve. Da musste er verhindern, seitlich über den Weg rauszufahren, was bei der Enge leicht passieren konnte, und dann blieb er womöglich stecken.

„Weißt du noch, wie wir genau hier mal liegen geblieben sind?“ Er lachte. „Du meine Güte, ist das lange her. Wir waren noch nicht lange zusammen und deine Eltern wussten noch nichts von mir. Schon gar nicht, dass ich dich hierher entführt hatte.“ Er lachte wieder. „Und dann so eine Panne!“

Nun schaute er doch in den Rückspiegel. Konnte Silvie sich daran so gut erinnern wie er? „Wirklich dumm, dass du nicht sprechen kannst.“

Sie schaute zur Seite. Schaute aus dem Fenster und rührte sich nicht. Ja, bestimmt schwelgte sie ebenfalls in Erinnerungen.

„Warum nur kann man das Schöne nicht für immer festhalten?“, fragte er mehr zu sich selbst und suchte mit den Augen den Waldrand zur Rechten ab. Hier irgendwo musste es sein.

Wenige Meter weiter tauchte der vertraute Platz auf und Toni fühlte eine wohlige Wärme aufsteigen.

Er hielt an, schaltete den Wagen aus und ließ die Szene eine Weile auf sich wirken. Er nickte. Alles funktionierte bestens.

Er stieg aus, ging nach hinten und hielt seiner Frau die Tür auf. Silvie schaute ihn an, dann rutschte sie zur Seite, schwang die Beine nach außen und Toni half ihr beim Aussteigen.

Nun stand sie vor ihm, starrte ihn an und Toni starrte zurück.

„Ich weiß, was du sagen möchtest.“ Er räusperte sich. Seine Stimme kam ihm unter dem dichten Blätterdach der ausladenden Bäume auf einmal seltsam gedämpft vor, fast fremd. Oder war es die Situation, die ihm vertraut und fremd zugleich vorkam?

„Du denkst, dass man dich hier schnell finden wird.“ Prüfend verfolgte er die kaum wahrnehmbare Änderung um ihrer Nasenflügel. „Aber da irrst du dich“, fuhr er fort. „Man wird dich gar nicht suchen. Schließlich hast du allen Freunden erzählt, dass du auswandern möchtest. Für immer fort. Auch oder eben gerade Flucht vor mir. "

Er kniff die Augen zusammen. In ihren Augen war ein kurzes Aufblitzen erkennbar gewesen. Oder war es nur ein Sonnenstrahl, der sich für einen kurzen Augenblick darin verirrt hatte?

„Tatsächlich bin ich aber doch der Einzige, der keine Ahnung hat." Diesmal erklang ihm sein eigenes Lachen etwas zu künstlich. „Jedenfalls denken das alle. Dass ich vollkommen ahnungslos bin."

Sein Lachen wurde schrill. Was für eine groteske Situation!

„Und deshalb werde ich ja auch der Einzige sein, der nach dir sucht!" Er schüttelte sich und holte tief Luft. „Ja ja, wenn ich dann vor lauter Sorge und Schmerz alle verrückt mache, immer wieder bei unseren Freunden und Bekannten auf der Matte stehe, Krankenhäuser anrufe, aufsuche und schließlich zur Polizei rennen möchte ..., dann werden sie mir langsam und vorsichtig versuchen, die Wahrheit zu sagen. Werden sagen, die Silvie ist weg. Hat ein Ticket ohne Rückflug gekauft. Denn die Silvie hat einen anderen Mann gefunden. Sie meldet sich wieder, wenn es eine neue feste Adresse gibt. Aber das kann dauern. Denn die beiden machen jetzt erst einmal eine Rundreise."

Er räusperte sich. „Das werden sie mir erzählen, nicht wahr? Und ich werde mich darauf vor lauter Kummer natürlich verkriechen." Er zuckte mit den Schultern. „Verständlich, oder?"

Nun schaute er von ihrem Gesicht auf die Umgebung, lauschte dem Rauschen der Blätter nach, schaute wieder in ihr Gesicht.

„Dann suche nicht mal ich dich mehr!"

Silvie stand unbeweglich, ja fast lässig, schaute ihn an, als hätte das alles nichts mir ihr zu tun. Wenn überhaupt, so ließ nur der hörbare Atem eine Regung erkennen. Konnte es sein, dass sie das alles so wenig berührte?

„Niemand wird dich suchen, hörst du? Weil dich nämlich niemand vermisst!" Toni packte sie fest an den Schultern. „Selbst wenn sie nach einem halben Jahr nichts von dir hören!" Er verkniff sich das Schütteln, lockerte seinen Griff.

„Manche werden sich vielleicht wundern, aber die meisten werden denken, dass du sie einfach vergessen und abgeschrieben hast. Was auch sonst? Aus den Augen aus dem Sinn. So ist das nun mal. Die hiesige Polizei wird es nicht einmal erfahren, selbst wenn sich jemand Gedanken macht. Und in der Karibik? Natürlich auch niemand. Wer sollte denn da auch nach dir suchen und wo?"

Mit einem Ruck, ließ Toni ihre Schultern wieder los und Silvie strauchelte. Sofort stützte er sie. Sie sollte ja nicht fallen.

„Ja natürlich darf man dich nicht zufällig finden. Das ist klar. Aber dafür habe ich gesorgt. Da besteht keine Gefahr. Das ist alles gut durchdacht.“ Nun schaute er sie beinahe freundlich an.

„Aber das passiert ja erst hinterher, damit möchte ich dich gar nicht mehr belasten.“ Er atmete hörbar ein und aus, fühlte sich wie nach einer Prüfung.

Er hatte es vollbracht. Hatte alles gesagt, was gesagt sein sollte. Hatte kein einziges Mal gestammelt. Sich nicht versprochen, die richtigen Stellen betont.

Kurz schloss er die Augen, um den Moment der Ruhe, und ja doch, den eines Sieges auszukosten.

Dann sah er stolz zu Silvie hinüber, die allerdings gar nicht begeistert aussah.

Er riss ihr das Klebeband vom Mund und rief: „Und?“

Silvie schüttelte heftig den Kopf, fluchte und funkelte ihn dann an: „Toni, heute bist du entschieden zu weit gegangen! Hast eine Grenze überschritten, die du besser nie überschritten hättest!“

„Wieso denn das? Ich finde, das war heute mein absoluter Geniestreich!“

„Geniestreich? Spinnst du? Das war ja so was von ... von ...“ Silvies Brustkorb hob und senkte sich, der ganze Körper schien zu beben.

„Eine bodenlose Unverschämtheit war das!“, sagte sie schließlich und betonte dabei jede einzelne Silbe.

„Aber wieso denn?“ Toni riss die Augenbrauen nach oben, schnaubte fast die nächsten Worte heraus: „Wir haben doch immer alles so haarklein durchgespielt!“

„Fesseln?" Silvie spie ihm das Wort förmlich ins Gesicht. „Klebeband über den Mund? Die ganze Fahrt über?"

Toni hatte Silvie noch nie so laut schreien hören.

„Und sogar noch hier, nach dem Aussteigen! Eben wäre ich beinahe gefallen ..."

„Ich habe dich doch aufgefangen!", sagte er besänftigend.

„Ich möchte mich aber selbst auffangen können!" Silvie wollte offensichtlich nicht besänftigt werden. „Das machst du nie, nie wieder!" Aus ihrem Mund sickerte ein kleines bisschen Speichel. Mit der Zunge fing sie ihn wieder ein. „Du Idiot!", sagte sie dann und es klang nun weniger laut. So als hätte ihre Stimme bereits zu viel Energie verbraucht.

Toni war inzwischen einen Schritt zurückgewichen. So hatte er sie noch nie erlebt.

„Und mein Flieger ist wirklich ohne mich fort!" Silvie stampfte mit einem Fuß auf, in ihrem rechten Auge erschien eine Träne.

„Was? Was denn für ein Flieger?" Toni schüttelte den Kopf. „Was redest du denn jetzt? Du sollst doch jetzt nicht weiterdichten!"

„Dichten? Du verdammter Trottel! Ich dichte doch nicht. Das ist mein absoluter Ernst. Aber wegen dem blöden Klebeband konnte ich dir ja nicht sagen."

„Du meinst ... nee, oder? Das ist jetzt ein Witz!"

„Gar kein Witz! War zwar nicht Karibik, sondern nur Kanaren, aber immerhin ...“

„Du wolltest auf die Kanaren fliegen?“ Toni machte einen Schritt auf Silvie zu. „Das glaub ich einfach nicht.“

„Doch! Ja. Genau das wollte ich!“

„Aber ... aber davon hast du mir ja gar nichts gesagt! Wann denn? Wieso denn? Ich verstehe nicht ...“

„Nein, ich habe bisher nichts erzählt, weil ich ...“ Silvie schaute zur Seite, dann nach unten. „Na ja, ich wusste, du würdest böse werden, weil ich ... weil ich ohne dich fliegen wollte.“ Sie biss sich auf die Lippen. „Aber ich wollte es dir noch sagen.“

Das klang so leise, dass Toni einen weiteren Schritt auf sie zuging, um sie richtig zu verstehen. Stumm schaute er zu, wie sie ihre Schuhspitzen musterte.

„Da siehst du mal, wohin das führt, wenn man seinem Partner nicht vertraut“, sagte er schließlich genauso leise zurück.

„Ja.“ Silvie betrachtete immer noch ihre Schuhe.

„Mhhmm ... und ... und sonst?“

„Was und sonst?“ Silvie hob den Kopf und ihr Blick verriet ihm, dass sie seine Frage wirklich nicht verstanden hatte.

„Wie du das Stück findest?“, meine ich. „Den Plot?“

„Ähh ...“ Silvie atmete ein weiteres Mal hörbar ein und aus. „Das interessiert dich jetzt wirklich? Ja?“

„Na klar!“

„Ignorant!" Silvie schnaubte. „Genau deshalb wollte ich einfach mal weg. Ohne dich. Und … wegen solcher dämlicher Stücke." Sie fluchte irgendetwas Unverständliches. „Der dämlichen Spielerei. Die geht mir auf die Nerven."

Nun blickte sie ihm fest in die Augen. „Und seit heute weiß ich, dass ich das nie wieder in meinem ganzen Leben mitmachen möchte!"

Toni fasste sich ans Kinn. „Ja. Das hast du schon gesagt." Er machte ein Pause. „Das … das ist okay. Es ist das letzte Mal. Versprochen!"

Silvie runzelte die Stirn.

„Aber du hast meine Frage noch nicht beantwortet. Wie findest du es denn jetzt, mein neues Stück?"

„Mhm … na ja, ehrlich gesagt …" Silvie presste die Lippen zusammen.

„Na klar, ehrlich gesagt!" Toni konnte seine Ungeduld kaum noch aus der Stimme heraushalten.

„Also … ich denke, es ist … Es ist irgendwie … vorhersehbar. Ja. Das ist es. Es ist zu vorhersehbar!"

„Wieso das denn? Was sollte man da vorhersehen können?"

Silvie strauchelte etwas und fluchte wieder. „Kannste mir nicht endlich mal die Fesseln abmachen?"

„Ja. Ja, gleich eigentlich dachte ich …"

„Was? Was dachtest du?"

„Egal. Oder, … nee, sag erst, wieso du meinst, dass es vorhersehbar ist!"

„Weil es nur zwei Personen gibt. Also muss doch der eine dem anderen was antun. Ist doch schließlich ein Krimi, ein Thriller oder ähnliches. Und dann die lange Fahrt. Er redet, sie kann nicht antworten. Er macht Andeutungen … Da ahnt der Leser doch nach kurzer Zeit, dass da was faul ist."

„Meinst du wirklich? Ich dachte, das wäre eine komplette Überraschung, nach dem Aussteigen. Also, dass sie gefesselt und geknebelt ist."

„Mhmm. Aber niemand denkt doch, dass da zum Schluss der große Unbekannte kommt und die beiden erschießt oder so was. Das wäre ja wohl ein billiger Krimi! Nein, nein, du, also der Mann ist hier der Täter. Das ist ganz klar."

„Wie wäre es mit einem Serienkiller, der sie beide überrascht und massakriert und …"

„Quatsch. Dafür ist der Anfang zwischen den beiden viel zu lang. Und diese Gespräche. Wären doch sinnlos."

„Aber, dass er die Frau umbringen möchte? Das kann man doch nicht ahnen, oder?"

„Na ja, irgendwann wird der versierte Leser sicherlich auch das einkalkulieren. Zumindest, dass er was Schreckliches mit ihr vorhat. Nur so ein bisschen Angst einjagen, das wäre ja kein echter Krimi."

„Du hast es nur einkalkuliert, weil du mich kennst!"

„Möglich, möglich, aber … es müsste einfach noch mehr Optionen geben."

Nun sog Toni die Luft hörbar ein.

„Jetzt mach mich endlich mal los!“

„Du kennst doch den Schluss noch nicht.“

„Wie meinst du das? Das haben wir doch gerade geklärt. Er bringt sie um die Ecke und das war es.“

„Man weiß zum Beispiel nicht, ob er davon kommt oder nicht.“

„Wenn es so perfekt geplant ist, dann geht es schief. Weiß man doch.“

„Bin ich nicht sicher. Außerdem kann der Schluss noch anders sein. Denn schließlich möchte er doch noch mal mit ihr ...“ Toni räusperte sich wieder. „Du weißt schon was“, raunte er.

„Du meinst ... er vergewaltigt sie vorher noch?“ Silvie schaute ernsthaft entsetzt.

„Vergewaltigen? Was für ein hässliches Wort für so eine schöne Sache. Kannst du dir nicht vorstellen, dass sie freiwillig mitmacht? Was denkst du denn, warum er genau diesen Platz ausgesucht hat?“

„Freiwillig? Obwohl er sie gefesselt und geknebelt hat?“

„Sie könnte auch auf Rettung hoffen. Immerhin gewinnt sie doch Zeit dadurch, oder?“

„Mhmm, weiß nicht.“

„Und der Leser hofft mit ihr.“

„Mhmm ...“

„Also kannst du es dir nun vorstellen oder nicht?“

„Weiß nicht ...“

„Hee, ich bin an unsere alte Liebesstelle gefahren ...“

„Ohh, oh, ich glaube, ich verstehe …“ Silvie legte den Kopf schief, als lausche sie. „Du möchtest wissen … ob *ich* in dieser Situation Lust auf *dich* bekommen könnte. Ja?“

Toni sagte nichts, grinste sie nur an.

„Also du bist doch …! Du bist doch wirklich ein ganz durchtriebener …“

„Ja?“

„Du weißt genau, dass ich für so was anfällig bin.“ Nun grinste auch sie.

„Und nun weißt du auch, warum ich dir die Fesseln noch dran gelassen habe.“ Toni war ihr so nah gekommen, dass seine Brust leicht die ihre berührte. Erneut fasste er sie jetzt an den Schultern. Diesmal ganz zart.

„Mhmm, ja ich verstehe …“, sagte sie ein weiteres Mal und nun wurde ihre Stimme rau. „Eine kleine freiwillige Vergewaltigung. Mhmm. Na ja. Warum eigentlich nicht? Wäre mal was anderes. Könnte mir unter Umständen sogar gefallen.“

Toni legte eine Hand auf ihren Rücken, drückte sie an sich, steckte seine Nase in ihr Haar und hielt sie einen Moment ganz fest. Dann langte die andere Hand in ihren Schritt. „Da habe ich mich schon die ganze Zeit drauf gefreut“, grunzte er.

„Ja gut“, sagte sie fast seufzend. „So ein Ende lasse ich mir tatsächlich gef...“

Den Rest des Satzes verschloss Toni mit seinem Mund. Seine Hände tasteten sich dabei durch ihre Kleidung, über nackte Haut, an intime Stellen. Kurz darauf lagen sie auf dem Platz ihrer früheren Liebe.

Und es fühlte sich auch beinahe an wie früher.

Beinahe.

Wäre da nicht diese winzige Kleinigkeit, dass Silvie hatte allein wegfliegen wollen. Und dass sie plante, nicht zurückzukommen. Was sie nicht gestanden hatte. Dass sie tatsächlich einen anderen hatte. Was sie wohl auch nie hatte gestehen wollen.

Er schaute in ihr Gesicht.

Hochrot, verschwitzt und leicht verklärt schaute sie zurück. Fast zärtlich küsste sie seinen Mund.

Er schloss die Augen, genoss ihre sanften Lippen, ihren Duft, dann löste er sich. „Übrigens, das Ende ist doch genau so, wie zuvor geplant", sagte er. Und bevor sie darauf antworten konnte, hatte er ihren Mund mit einem neuen Stück Klebeband wieder verschlossen.

4-3-5-tot

– Ein Rätselkrimi– Lösung –

Der Täter war kein Fremder. Die Richterin hat ihn als jemanden identifiziert, den sie kannte, und der sie schon früher bedroht hat. Daher muss es einer der sieben sein, die sie schon herausgesucht hatte. Und genau dieser muss auch die Drohbriefe abgeschickt haben, denn sie weisen ganz eindeutig auf die tatsächliche Tatnacht hin. Mit diesen Angaben scheiden sechs der sieben potentiellen Täter aus:

1) Die Eisige Amanda und
2) Pussy-Tussi scheiden aus, da sie Frauen sind, und die Richterin eindeutig einen männlichen Täter beschrieben hat.

3) Boxer Freddy scheidet aus, da er erst vor gut drei Wochen entlassen wurde. Das heißt, als der erste Brief geschrieben wurde, saß er noch im Knast.

4) Casanova Franz scheidet aus, da er während der Zeit des zweiten Briefs in Spanien gewesen ist. Er könnte natürlich auch von dort aus einen Brief verschickt haben, doch das Porto wäre dann ein anderes, der zweite Brief könnte in dem Fall nicht die gleiche Briefmarke besitzen wie die anderen.

5) Killer Till scheidet aus, da er vor der Tatnacht erst um 23 Uhr entlassen wurde und zwar in Köln. Um zwei Uhr nachts ging aber schon der Notruf ein, was ziemlich genau der Tatzeit entspricht. Von Köln bis Tutzing sind es rund 600 Kilometer; die kann man weder im Auto noch mit der Bahn in drei Stunden bewältigen (mit Bahn ca. 5 Stunden, mit Auto im Schnitt sechs Stunden).

An Flüge braucht man gar nicht erst zu denken. Abgesehen davon, dass das trotzdem kaum zu schaffen sein dürfte, darf in München ab Mitternacht kein Flugzeug mehr landen. Da der Flug aber eine gute Stunde dauert, müsste er, um noch landen zu dürfen, vor 23 Uhr starten.

6) John der Blender scheidet aus, da er zwar die passenden Magazine besitzt, doch aus ihnen wurden die Buchstaben ja gerade nicht ausgeschnitten.

Es ist absolut unrealistisch anzunehmen, dass er sich solch teure Hochglanzmagazine eigens zum Buchstaben auszuschneiden. ein zweites Mal gekauft hat. Dafür hätte ja jede billige Zeitschrift auch gereicht. Und wäre sogar aus Tätersicht dann günstiger gewesen, denn diese Yello

Press Magazine haben eine vielfach höhere Reichweite. Die Wahrscheinlichkeit ihn als Täter zu entlarven, würde dadurch deutlich verringert, während diese teuren Spezialmagazine, den Täterkreis deutlich einengen.
Daraus lässt sich schließen, dass der Täter ohne große Überlegung ein Magazin verwendet hat, das er gerade zur Hand hatte.

7) Der schöne Florian bleibt damit als einziger logischer Täter übrig.

Fr ihn spricht: Er konnte alle drei Briefe abschicken und hat für die Tatzeit kein Alibi.

Er wohnt zwar in Ingolstadt, doch da seine Mutter derzeit im Krankenhaus liegt, konnte er ohne Probleme in der Tatnacht nach Tutzing und wieder zurück fahren.

Er ist Motorradfreak wie John, kennt und kauft zumindest gelegentlich auch die entsprechenden Magazine, wie das einzelne beweist.

Dass dies unversehrt ist, passt sehr gut zu der Annahme, dass er die zerschnittenen Magazine, längst entsorgt hat. Denn erstens waren sie nun unbrauchbar – und das einzelne Magazin legt auch den Schluss nahe, dass Florian diese Magazine grundsätzlich nicht archivierte – und zweitens hätten genau diese ihn ja verraten können.

Nachwort

Haben Ihnen die Kurzkrimis und anderen Geschichten in dieser Kurzgeschichten-Sammlung gefallen?
Dann empfehlen Sie das Buch doch gerne weiter.
Machen Sie es jemandem zum Geschenk.

Ganz besonders freue ich mich auch über eine kleine Bewertung oder auch eine längere Rezension, denn das ist die andere Währung, von der alle AutorInnen leben.

Die Autorin

Elli Rose ist das **Pseudonym**
von
Rosemarie Benke-Bursian
für die Kriminalliteratur.

Die promovierte Biologin ist seit vielen Jahren freiberuflich als (Wissenschafts)Journalistin und Autorin tätig und hat in den unterschiedlichen Genres veröffentlicht, darunter auch mehrere Krimis.

Seit vielen Jahren leitet sie diverse Schreibwerkstätten für Kinder, Jugendliche und Erwachsene, arbeitet als Autorencoach und freiberufliche Lektorin sowie als freiberufliche (Fach)Redakteurin für naturwissenschaftliche und medizinische Sachliteratur.

Sie ist im Beirat der Deutschen Umweltstiftung und Mitglied bei den Mörderischen Schwestern e.V., Europas größtem Verein deutschsprachiger Krimiautorinnen.

https://www.rosemarie-benke-bursian.de/

15 Tage

Herausgeber: Smart & Nett (2018)
Gebundene Ausgabe (552 Seiten) und E-Book
ISBN: 978-3946406204

15 Tage – Leseprobe

Rosemarie Benke-Bursian

Prolog

Frau Förster stürmte so aufgewühlt in das Starnberger Polizeirevier, dass sie das Schiebefenster im Vorraum vollkommen übersah. Erst die Tür zum eigentlichen Eingangsbereich stoppte ihren Lauf. Die zwei Beamten hinter dem Tresen blickten sie fragend an.

Der jüngere der beiden kam zum Schalter und schob das kleine Fenster auf. »Wie können wir Ihnen helfen?«

»Mein Sohn ist weg! Sie müssen ihn bitte sofort suchen!«

Der Beamte betätigte den Türöffner und ließ Frau Förster in das Vorzimmer eintreten. »Was meinen Sie denn mit weg?«, fragte er.

»Weg halt. Verschwunden! Nicht im Bett.«

»Beruhigen Sie sich erst mal, gute Frau. Und dann erzählen Sie der Reihe nach, was passiert ist«, mischte sich nun der ältere Polizist ein.

»Leo wollte sich gestern Abend mit seinem Freund David treffen und ist nicht mehr nach Hause gekommen. Sein Bett war unberührt.«

»Wie alt ist denn Leo?« Der jüngere Beamte hatte einen Telefonhörer in die Hand genommen.

»Fünfzehn. Wie David.« Sie machte eine kurze Pause. »Nächsten Monat wird er sechzehn.«

Der Polizist legte den Hörer aus der Hand. »Fünfzehn? Kann es nicht sein, dass er einfach bei David übernachtet hat?«

»Da habe ich natürlich zuerst angerufen. Da ist er nicht. David hat keine Ahnung. Leo ist gar nicht zum Treffen gekommen.«

Der Beamte schien einen kurzen Moment zu überlegen: »Haben Sie schon im Krankenhaus angerufen? Vielleicht hatte er einen Unfall?«

»Ja, beim Tutzinger Krankenhaus. Aber da ist er nicht.«

»Dann starte ich mal kurz einen Rundruf in die umliegenden Kliniken, um sicherzustellen, dass er nicht dort irgendwo eingeliefert wurde. Wie ist ihr Familienname?«

»Förster. Aber ich kann mir nicht denken, dass Leo aus Tutzing raus ist. Nicht freiwillig.«

»Verstehe«, sagte der Beamte und hackte heftig auf die Computertastatur ein, »trotzdem kann er in einem anderen Krankenhaus liegen. Hier im Landkreis sind die Betten ja schnell gefüllt, wenn irgendetwas Unvorhergesehenes passiert. Dann bringt ein Rettungswagen ihren Jungen notfalls sogar nach Murnau oder München.« Der Beamte schaute Frau Förster freundlich an. »Die Jungs fahren so lang, bis sie eine Klinik gefunden haben.«

»Natürlich.« Leos Mutter schaute mit flackerndem Blick zum Computer, dessen Bildschirm für sie nicht einsehbar war. Unschlüssig senkte sie den Kopf. »Und wie lange dauert das? Bis Sie Bescheid wissen, meine ich?«, fragte sie schließlich.

»Da können wir jetzt drauf warten. Bei einer polizeilichen Anfrage reagieren die sofort.«

Frau Förster fixierte ihre Fingernägel, an denen sie herumzupfte.

Der Polizist schaute auf den Bildschirm. Offensichtlich trafen schon die ersten Antworten ein. »Nein, in einem der abgefragten Krankenhäuser liegt er nicht«, sagte er schließlich und griff abermals zum Hörer: »Ich rufe Ihnen jetzt mal meine Kollegin Smith. Bei der können Sie eine Vermisstenanzeige aufgeben.«

Die herbeigerufene Kollegin stellte sich als Abbygail Smith vor und reichte Leos Mutter die Hand.

»Förster«, sagte diese und folgte der Polizistin in einen kleinen kahlen Raum mit einem Tisch und zwei Stühlen.

»Setzten'S sich«, sagte Frau Smith und legte eine schwarze Mappe und einen Laptop auf den Tisch. »Möchten'S ein Glasl Wasser oder einen Kaffee?«

Frau Förster schüttelte den Kopf. »Nein, nein. Suchen Sie lieber meinen Sohn.«

»Jetzt nehm ich erst mal eine Vermisstenanzeige auf und dafür bräucht ich von Ihnen ein paar Angaben.«

Während die Polizistin alle Daten zu Leo und seinem Verschwinden aufnahm und fragte, ob er noch bei anderen Freunden sein könnte, ob es Ärger in der Schule oder zu Hause gab, oder ob er schon öfter über Nacht fortgeblieben war, wurde Leos Mutter zusehends ungeduldiger. »Nein, nein. Er ist noch nie einfach fortgeblieben. Ihm ist bestimmt was passiert!«

»Wann ham'S ihn denn zuletzt gsehn oder gsprochn?«

»Warten Sie mal. Das war ...« Frau Förster legte eine Hand auf den Mund. »Das war so gegen vier Uhr, glaube ich. Oder war es doch schon fünf? Ich hatte noch ein bisschen Kuchen übrig, aber den wollte er nicht. Wollte sich mit seinem Freund David treffen.« Frau Förster schlug sich erneut die Hand vor den Mund. »Ist fort, ohne noch mal was zu essen. Bitte fangen Sie doch mit der Suche an!«, flehte sie und ihre Augen wurden wässrig.

»Bleibn'S ruhig. Fast alle verschwundenen Kinder und Jugendlichen tauchen innerhalb von vierazwanzg Stunden wieder auf.«

»Aber ... aber so lange können Sie doch nicht warten!« Frau Förster schnappte nach Luft, erhob sich ein Stück vom Stuhl, um sich zu Frau Smith hinüberzubeugen, ihre Stimme überschlug sich.

»Natürlich warten wir net so lang, auch wenn viele Leut glauben, die Polizei würd erst nach vierazwanzg Stunden anfangen zum suchen. Des ist natürlich ein Schmarrn. Unsre Suche richtet sich nach der möglichen Gfahr und den Hinweisen. Bei kleinen Kindern suchen wir *immer. Sofort*«, sagte Frau Smith, mit Betonung der beiden Wörter immer und sofort. »Bei Erwachsenen suchen wir dagegen oft gar net. Die haben nämlich die Freiheit, einfach zu verschwinden.«

»Leo ist aber nicht erwachsen!« Frau Förster hatte sich wieder gesetzt, kramte in ihrer Handtasche nach einem Taschentuch und tupfte sich die Augenwinkel.

»Na, aber der ist fast sechzehn. Bei Jugendlichen müssen wir abwägen. Die überschreiten gern Grenzen. Ist ja auch net verkehrt, die müssen sich ausprobiern.«

»Leo würde niemals freiwillig von zu Hause wegbleiben! Niemals!« Frau Förster legte beide Hände vor sich auf den Tisch und lehnte sich erneut weit zu der Polizistin hinüber.

»Ihr Junge wird bstimmt bald wieder zurückkommen«, versuchte diese zu beschwichtigen. »Natürlich darf der sich net einfach aufhalten, wo er möcht. Ich nehm Ihre Sorge schon ernst. Er hat doch sicher ein Handy dab…«

»Da geht immer nur die Mailbox ran. Und das ist auch ganz ungewöhnlich.«

»Na ja, möglicherweise ist ja nur der Akku leer, das hat ja nix zum sagen. Wir werden jetzt auf jeden Fall eine Handyortung und eine Fahndung veranlassen. Dafür bräucht ich aber auch noch ein Foto. Ham'S zufällig eins dabei? Möglichst aktuell?«

Frau Förster stutzte. Dann griff sie in ihre noch geöffnete Handtasche. »Ich habe ein paar Bilder von unserem letzten Ausflug aufs Hörnle in meiner Tasche. Das war zwar im Herbst, Leo hat sich aber seitdem kaum verändert.«

»Zeign'S mal. Wir bräuchten natürlich eins, worauf man den Leo gut erkennt.«

Frau Förster reichte Abbygail Smith die Fotos über den Tisch.

»Ach, des ist gut. Können wir des nutzen?«

»Ja, ja! Nehmen Sie nur. Alles, was Sie brauchen. Hauptsache Sie finden Leo.«

»Ich werd mich jetzt mit meinen Kollegen besprechen.« Frau Smith legte das Foto in die schwarze Mappe und verließ den Raum. »Warten'S einen Moment, ich hol schnell das Protokoll aus dem Drucker.«

Während Frau Förster wartete, nahm sie die restlichen Fotos in die Hand. Von einem strahlte ihr Leo fröhlich entgegen. Rasch verstaute sie das Bild, Leos Lachen war mehr als sie in dieser Situation ertragen konnte. Beinahe dankbar registrierte sie, dass die Polizistin zurückkam.

»Gehen'S am besten erst mal nach Haus«, sagte diese aufmunternd lächelnd, als Frau Förster zu ihr aufsah. »Vielleicht ist der Leo ja schon wieder daheim. Bitte lesen'S sich vorher noch das Protokoll in Ruhe durch, ob ich alles richtig aufgnommen hab, oder ob was fehlt und unterschreiben'S des dann da unten.« Die Beamtin tippte mit einem Stift auf die schwarze Linie am Ende des

Dokuments. »Hier ham'S noch meine Karte. Da möchte ich Sie bitten, sich zu melden, wenn der Leo auftaucht, oder Ihnen noch was einfällt. Sie können mich natürlich auch anrufen, wenn'S noch Fragen haben.«

Mit zittrigen Fingern zog Frau Förster das Formular nahe an die Tischkante und beugte sich tief darüber. Die Buchstaben verschwammen vor ihren tränennassen Augen. Die Worte auf dem Papier manifestierten auf drastische Weise, dass Leos Abwesenheit kein verspätetes Heimkommen war, sondern polizeilich untersucht werden musste.

Leos Mutter unterschrieb, reichte der Polizistin Smith das Blatt, brachte ein gequältes »Wiedersehen« hervor und eilte aus dem Raum, in dem Leos Fehlen zu einer offiziellen Vermisstensache geworden war.

Mit bangem Herzen und sorgenvollen Gedanken mach-te sie sich auf den Heimweg in ihre Tutzinger Wohnung in der Kellerwiese.

Leo, was ist dir nur geschehen? Komm zurück. Bitte! Bitte, lass dir nichts passiert sein!

Oh du tödliche ...

Herausgeber: Rosemarie Benke-Bursian - BOD (2021)
Taschenbuch (184 Seiten) und E-Book
ISBN: 978-3752688627

Oh du tödliche ...
Rosemarie Benke-Bursian

Klappentext

"Oh du tödliche ..." ist eine weihnachtliche Krimi-Anthologie mit humorvollen, manchmal bitterbösen und immer wieder überraschenden Kurzkrimis von folgenden neun Autorinnen und Autoren: Rosemarie Benke-Bursian (Hrsg.), Karin Büchel, Nina Camara, Magnus Haensler, Mona Moldovan, Christine Neumeyer, Rebecca Schneebeli, Petra Stangier, Ashley Wood.